瀬戸メグル
Meguru Seto
［イラスト］
ひそな
Illustration Hisona
邪眼のおっさん
～冴えない30歳の大逆転無双～
UG novels

「痛くありませんか？」（マリン）
「じゃあ、あたしは右側を」（ミーミ）
「ここ、洗うね？」（セシル）

「雷撃眼」
「お兄様、いつでもいらしてください」

UG novels

邪眼のおっさん

～冴えない30歳の大逆転無双～

瀬戸メグル

Meguru Seto

[イラスト]

ひそな

Illustration Hisona

三交社

邪眼のおっさん
～冴えない30歳の大逆転無双～

［目次］

Contents

1話　おっさんは邪眼を得た

十八年の引きこもり生活。

気づけば俺は三十歳《オッサン》になっていた。

さすがに働こうとしたものの、職業紹介所で爆笑され就職を断念した。

ダメだ死のう……と自殺しようとしたが、やっぱ怖くなって断念した。

そこで魔術学校に入ったが、今度は若い子達からオッサン帰れコールを浴びた。

見返そうと冒険者登録しにいったら、わずか十二歳の子供にボコボコにされ、号泣しながら帰宅した。

たぶん俺、タクト・バロンドは――この街で一番ダサい。

さて。

そんな人生失敗だらけだったはずの俺が、現在とんでもない状況に身を置いている。

薄暗い、しかし広い地下室。

そこでつい数秒前まで、超凶暴な悪魔と対面していたのだ。

なぜ数秒前か？

もう、いないからだ。

俺が唯一覚えている封印魔法で、そいつを封印したのだ——自分の眼に。
「お兄様⁉　平気ですか⁉」
「どうなのじゃ、何か体に害はないのか⁉」
妹のマリンと爺ちゃんが、すげえ心配そうに尋ねてくる。大丈夫だ、と答えたいんだけど残念ながら返事をする余裕はない。
なぜなら視界がおかしすぎる——
【悪魔ヘルセデスを封印したことにより、眼に関する複数の特殊能力《スキル》を得ました。その一つ『文字案内』により、以下に全て表示します。
〈動体視力が向上しました〉
〈周辺視野が広がりました〉
〈ピント調節力が向上しました〉
〈魔力総量が増えました〉
『文字案内』の能力を得ました
『魔力流感知眼』の能力を得ました
『魔力量感知眼』の能力を得ました
『魔素感知眼』の能力を得ました
『感情感知眼』の能力を得ました
『睡眠眼』の能力を得ました

『パーソナル鑑定眼』の能力を得ました
『プライベート鑑定眼』の能力を得ました
【◇内の能力は基本能力であり魔力を消費しません。『』内のものは使用時に魔力を消費します。また『文字案内』は本人の意志一つで機能のオンオフが可能です。

オンであれば、新たに能力を得た場合などに視界に文字で表記します。また、能力を初めて使う際に使い方の説明をいたします。

並びに、このスキルの消費魔力量は非常に微量です】

「え？　何なんだ、この文字……マリンと爺ちゃんはどう思う？」

二人とも不思議そうに周囲を見回す。

「文字とは、何でしょう？」

「どこに文字なんて書いてあるんじゃ？」

ううむ、俺にだけ見えるっぽいぞ……。

とりあえず、『文字案内』はオンのままでいいよな。

まあ普通にしてても視野が広くなったし案内に嘘はないだろう。

どうせだし、何か特殊能力《スキル》を使ってみたい。

『プライベート鑑定眼』を使いたいと念じると『文字案内』がまた教えてくれる。

【個人の好きな物事、嫌いな物事、過去の交際経験、想い人の有無を知ることができます。現在のタクトさんの魔力量に対し、消費量は少といったところです】

試しに使ってみよう。
妹の恋慕か……。気は引けるがマリンからいってみよう。
好きな物事……兄観察、奉仕活動、掃除、洗濯、料理
嫌いな物事……両親、グリモワール教団
交際経験……0人
想い人の有無……有
俺なんか観察して面白いか？　それはともかく、両親のあたりに少し闇を感じるなぁ……。
超美少女なのに今まで彼氏がいなかったのは驚く。でも好きな人はいるのか。
チャラ男だったら困っちまうな……。
「私の顔に、なにかついてますか？」
「ああ、いや、そんなことはないけど」
マリンから視線をはがして爺ちゃんも調べておく。
好きな物事……読書、マッサージ、髭の手入れ
嫌いな物事……悪魔、グリモワール教団、乱暴者
交際経験……300人
想い人の有無……有
「爺ちゃん、めっちゃモテるな⁉」
三百人っておかしいだろ⁉

つい叫んじまったせいか、マリンと爺ちゃんが慌て始める。

「お爺様、やっぱりお兄様の様子が変です……」

「うむ、邪眼の制御ができておらぬのかもしれぬ。ここは二人で……」

「ちょっと待った二人とも！　俺は平気だって。全然制御できてるし、正常だから安心してっ」

「ならばタクトよ。自分について何か話してみぃ」

「タクト・バロンド、三十歳。育成校に通いながら冒険者目指してる。趣味は読書（意味深）でつい最近まで引きこもりやってた」

自分を語れば語るほど、恥ずかしくなってくる不思議！

「今日の記憶もしっかりしておるか？」

「もちろん。今日は本当色々あったなぁ……」

いつもと変わらない悲しい日常だったはずだ。

それがなぜ、悪魔を封印する事件になってしまったのか。

俺は今日一日の悲劇を振り返る――

2話　おっさんはイジメられている

学園内の校庭が、修羅場と化した。

燦々と輝く太陽の下、豚の魔物オークが怒鳴り声を発散中である。

そして、俺を含めた魔術校の生徒四人が、武器を手に魔物《そいつ》を取り囲む。

「おいブタ野郎、こっち来いや！」

俺の隣にいた短髪男子が声を荒らげると、オークがキレて振り返った。

あまりにも怖いので俺は逃げようとする。

「てめえ逃げんな」

しかし短髪男子が俺のスネを蹴り、その隙に逃走する。お前だって逃げてるじゃんか……！

ともあれ、動きの止まった俺にオークが突撃してくる。絶対絶命だ。

巨体から薙がれた棍棒を俺は必死にしゃがんで避ける。危ねーっ⁉

オークはデブで動きがトロい、なんて絶対ウソ。少なくともこいつは動作が速い。

「くっそおっ」

俺はもう三十のおっさん。しかも元引きこもり。体力はない。

棍棒をかわしながら、他の三人に助けを求める。

「誰か、俺が引きつけてる内に背後から攻めてください」

しかし三人とも冷めきった目だ。訓練とはいえ、これは命がかかっている。仲間を見捨てるなど許されない。

だから、全員がよくわからない演技を始めた。

「クッ、参った。こいつ隙がねえぞ」

「ええ本当だわ、不用意に突っ込んだら殺される……。魔法をお願い」

「今、詠唱しますね。……、……、……」

酷い……。背中なんて隙だらけだし、詠唱もわざと遅らせている。

――お前ら、俺が嫌いだからってそれはないだろ!!

仕方なく俺は敵の大振りに合わせてしゃがむと、剣を薙ごうとする。

俺みたいなオッサンだってイケる！

そう確信した直後、横から蹴り飛ばされた。

「どいてろ、無能」

さっきの短髪男子――ガルムが、ようやくやってきた。来るの遅すぎだからな……。

ガルムが剣で斬りかかる。成功し、オークが悲鳴をあげつつ後退する。

そこに、シャリーという少女が風の塊を撃ち込む。

風魔法が腹に直撃、吐きそうになるオーク。さらに女槍使いレミラが、喉元に強烈な突きを入れる。

あっけなくオークは死んだ。

「タクトさーん、大丈夫ですか〜っ！」

戦闘が終了するや、清楚な雰囲気のシャリーがやってきて回復魔法をかける。

「うん、これでもう安心です！　大切な級友に怪我がなくて良かったですっ」

天女のごとき笑顔だが、これは演技百パーセント。表情は明るくても……目がヘドロを見るそれだもの。

ポイント稼ぎの行為だ。

「そこまでです」

少し離れた場所で見学していた教師と残りの生徒達。今回は、四人一パーティで魔物を退治する実戦訓練だったのだ。

まだ二十半ばの女教師は、俺以外の三人を絶賛する。

「ガルム、シャリー、レミラ。さすがこのクラスのトップ3ですね。素晴らしい連携でした」

他の生徒達はトップ3に羨望の眼差しを送る。だが次の瞬間、ほぼ全員が冷たい顔をした。

「それに比べてオジサ……いえタクト。貴方は一体何がやりたいのですか。仲間の足を引っ張るだけでしたし」

くう、五歳も下の女教師に怒られる恥辱……。こいつは堪える。

「あ、あれは、俺が戦おうと思ったらガルム君がですね……」

「いい年して言い訳しないでください。罰として校庭を十周です」

「く、また俺ばかりやたら厳しい……。三十歳、だからですか？」

「むしろ年齢よりも恥じるべきは……いえ、今はよしましょう」

「ウププッ」

ガルム達が噴き出す。せめて俺のいないとこで笑ってくれよ。

俺は悔しく感じつつも、校庭を走り出す。

◇　◆　◇

魔術師育成校。

兼業でも通えるのが特徴で、実際俺も冒険者との兼業を今考えている。

ここドンガ大陸は世界でも孤立していて、外部から人が来ることはないし、内部から外に出る人も滅多にいない。

『リヴァイアサン』という海竜が近づく者を攻撃するからだ。

よって孤立した小さな大陸なのだが、食糧や生活に不便はない。

俺はエラルダという町で、十八年間引きこもりをしていた。

家族構成は爺ちゃんと妹の三人。裕福なので俺が働かなくて良かった。俺は昔から人付き合いが苦手で、家でずっと本ばかり読んでいたものだ。

しかし心のどこかで、優しい妹と爺ちゃんに何か恩返しをしたいと思っていた。

そこで一念発起して職業紹介所に向かったのだが、そこの職員にめちゃクソ馬鹿にされるハメになったのだ……。

今でも思い出す、あの会話を。

「はぁっ？　職歴がない？　え、三十ですよね？　何やってたんですか？」

「ひ、ひきこも、ひき、ひきこもて、ました」

「引きこもりって(笑)。三十までぇ？　えぇ〜にわかに信じられないんですけど。人生終わってません？」

「あ、あの、職業、紹介」

「あるわけないでしょ。あんたに何ができんの？　まともに会話もできないじゃん。冒険者ギルドでもいって根性叩き直してもらいなさい。はい次」

あまりにも悔しい出来事だった。

ともかく、まともな職業に就けないと知った俺は、転生を夢見て自殺を試みた。

無理だった。

死ぬ直前で「いや転生とか妄想だし……」と我に返ったのである。本音を言えば、怖いしやっぱ死にたくない情けない俺がいた。

苦し紛れに考えたのが、学生からやり直すという方法だ。

魔術師育成校に通う生徒は、九割以上が十代後半だが座学の試験さえ通れば大人もいける。

俺はぶっちぎりの首席で合格した。

引きこもり時代、本を読みまくってたからね。

さあ晴れて入学を果たしたわけだが……

冴えないオッサンを若者はまるで受け入れてくれなかったな。

「でゅふ、あの、タクト・バロンドですー」

俺は緊張すると、でゅふとか笑っちまう癖がある。

ただでさえ三十という異色なのに、この笑い方。彼らはドン引きしていた。

「なにあれ、キモイ……」

槍のような視線が突き刺さり苦しかった。休み時間など、俺が立ち上がろうものなら、女子が逃げ出す。

まるで強姦魔のような扱いだ。確かに俺はちょっとおかしいおっさんだし、若い人には気持ち悪く映るのかもしれない。だが、中身はわりと紳士だと伝えたい。

まあそれでも女性陣はまだマシだった。調子乗った男達の方が遥かに酷い。特にガルムのやつだ。しょっちゅう俺を馬鹿にしてくる。

「オッサンってさ、今まで女と付き合ったことあんの？」

「……はあ」

「何人だよ？」

「二百人くらいですが……」

「ふざけんなオヤジ！」

そして俺の机を蹴っ飛ばしたりする。妄想では二百人と付き合ったことがあるんだよ。

ただ俺も一応大人なので、こんな一回り以上も下の子供の言いなりにはならない。

パシリとかは辛うじて拒否している。

しかしながら俺の人生、なかなか上向きにならずに非常に困っている。

誰か助けてください。

◇　◆　◇

学校に居場所がないなら、別なところに救いを求めるのもアリか？

そう考えた俺は、冒険者ギルドのドアを叩いた。

元々、俺は冒険者に憧れていたのだ。

彼らにスポットを当てた小説も多く、俺の読んだ物語では熱い友情や甘い恋愛が最高だった。

でも現実は辛い。

登録をしたいと告げると、美人受付のエリナさんに愛想なく言われた。

「一番得意な魔法を見せてください」

「魔法と言われても……封印魔法しか使えなくて」

「あら、封印魔法。どちらです？」

封印魔法は、大まかに二種類ある。

一つ、敵の得意技に作用するタイプ。相手の魔法や特殊能力を封じたり、一時的に能力を下げたりなど。

一つ、瀕死状態に追い込んだ敵を自身の中に封印してしまう。『封印』と言ってもこの場合は相手が死ぬので、実際は吸収だな。

「俺は、吸収タイプの方です」

「どの部位に、何系の魔物ですか？」

「……まだ封印の経験ないです……」

「あ？」

やめてくれその目。俺はゴキブリじゃないぞ。

クール美人は、無能は出直せカス！　と言いたげだ。

「……登録試験はお受けになりますか。個人的には力をつけ、後日登録にいらした方が良いかと」

意訳：帰れオッサン
帰らない！　絶対帰ってやらない！

「受けます」

「ち……。失礼しました。最近歯に物が挟まりやすくて」

明らかに舌打ちだが、ここはスルーしとこう。

受付嬢は、掲示板の近くに立っていた少年を連れてくる。

「こちらアナドさん十二歳です。貴方と同じく登録希望者です。素手での試合を行っていただき、実力を確認します。勝敗に関わらず、両者合格も不合格もあり得ます」

おいおい十二歳と試合しろってか。

しかも、空パンチ打ってやる気マンマンなんだけど。

矮躯《わいく》だし勝てそうなので受けると、表に出ることになった。

「エリナさんが合否を判定するんですか？」

「そうですが」

「権限あるんですね」

「ギルドマスターの娘なので」

あら、そういうこと。贔屓ね。それでこの態度か。

勝負は相手が地面に手をつくか、倒れるまでらしい。

俺は十二歳のアナドと対峙する。ペッと唾を吐いたな。生意気そうなガキだ。

「あんたいくつ？」

「三十ですが」

「オッサンじゃん」

「大人と言ってください」

「でも大人の経験してなさそう。チェリーだったりして」

「……」

「うはっ、マジで！　マジで三十でチェリーなの⁉　えええええええええええええええ」

何こいつ、殺意が芽生えてくるんだけど……。

アナドはニヤニヤしながら、

「おれ、十二歳だけど経験あるよ？　つか十六歳の彼女いるし」

「……へえ」

「エリナさん、こういう三十でチェリーの人と付き合いたいですか？」

「嫌です」

「ぐ……」

「ぶはあははは！」

腹抱えて爆笑のアナド。

あーあ、もう許さない。絶対許さない。ボコボコにしちゃる！

「早く、早く試合を始めてくださいっ！」

「じゃあ初めで」

俺は合図と同時に突っ込む。

このチビっこに世間の常識を、いや大人の怖さを教えてやらねば。

「先輩は敬いましょう！」

俺の渾身の右ストレート。難なくかわされた。嘘でしょ？　こいつ動き速くない？

アナドは軽やかなステップを踏んで俺を翻弄する。

「へえ、オッサン目はそこそこいいね。おれの動きを目で追えるなんて」

「余裕ぶってるのは今のうちですよ」

俺はラッシュを行う。右、左、右、左と高速でパンチを繰り出す。

全然当たらない。ゼエゼエと疲れてきた。もうやだ。

「体力ないねオッサン。ほいさ」

狙いは左ボディだな。俺は左脇に腕をつけ、アナドの攻撃を防御しようとして——右脇に鈍痛が響く。

なん、で？

ガクンと膝が落ちると、目の前にアナドの顔があり……顎に強烈な何かをもらって俺は意識を失った。

◇　◆　◇

目を覚ますと、ギルドの中だった。

アナドとエリナがいる。俺はソファにテキトーに寝かせられていたらしい。

「気がつきましたか。試験は不合格、あちらからお帰りください」

第一声がそれですか……。

俺は立ち上がり、脇の痛みをこらえつつ、アナドに言う。

「もう一回、勝負です。次こそは……」

「やだよ、チェリーが伝染る」

「そんな言い方ないだろ――」

――パチン！

小気味よい音が室内に響く。

エリナさんが俺をビンタしたのだ。普通に痛いんだが……。

「いい加減にしてください。見苦しいと思わないのですか、もう面倒だからさっさと帰ってくださいよ」

「怒られてやんのー、十歳も年下の子にー」

「うう……」

「さあ、帰ってください」

俺は入り口まで背中を押され、エリナに強引に追い出された。

下を向く。ポタポタ目から小水がこぼれ落ちる。

ダメだ。走ろう。

全力で帰宅した。リビングに向かい、テーブルに突っ伏した。号泣だ。

「せけん……冷たすぎだろ、うぉおお……」

学校でイジメ、職安でもイジメ、ギルドでもイジメ。

俺っていじめられっ子体質なの？

嗚咽していたら、突然ドアが開いたのでビクッとする。

どうも、爺ちゃんとマリンが帰ってきたらしい。

顔は上げない。涙でベトベトだからだ。

「……お兄様？」

優しい声音。やだ泣きそう。いやもう泣いてたわ。

「もしや、泣いているのですか？」

「何じゃ、何かあったのか？」

「ななな、ヒック、なにも、ないよ。ヒック、ねむいだけ」

二人にそう答える。バレバレか。

水を打ったように室内が静かになった。

……すん、……すん、…………すん、すん
何？　誰か泣いてるのか？

確認するため顔を上げると美少女——マリンが視界に入る。

枝毛一本ない艶やかな黒髪、透明感のある白い肌、神に精緻に計算されたみたいに優美な顔立ち。

加えて巨乳でスタイルも抜群ときた。そんな非の打ち所がない超絶美少女17歳が、哀しみの表情をしているのだ。

「また、またイジメられたのですね」

「……何のことかな？」

「もう、隠さなくて良いのです。私が、ガルム、シャリー、レミラの三人を倒してきます」

「やめるんじゃ、始末してはいかん！」

出て行こうとするマリンを爺ちゃんが必死に止める。

「待ってくれマリン。その三人と知り合いなのか？」

「いえ。ですがここ二ヶ月、お兄様は毎日寝言を繰り返していました。『ガルム殺す……シャリーはぺろぺろしてから殺す……レミラはもみもみしてから殺す……』と」


恥ずかしすぎるだろって！

もみもみぺろぺろとか俺の無意識はどこかおかしいんじゃないのか。

「どうであれ、マリンが出てはいかん。まずは落ち着くのじゃ」

「お爺様は悔しくないのですか？　お兄様がこんなにも苦しんでいるのですよ」

「そうじゃが……タクトには、自分の力で困難を乗り越えて欲しい……そう考えておった」

「――わかりました。それなら、ヘルセデスをお兄様の中に封印します」

「あの悪魔を!?　なぜそうなる？」

「お兄様に力が必要だからです！　ついてきてください」

マリンは俺の手を取ると、そのまま駆けだした。

俺は、悪魔の下へ連れていかれるのだろうか？

怖すぎて冴えないオッサンのままでいたいとすら思ったほどだ。

でもきっと――

これが俺の運命を劇的に変える――

そんな気がする――

まあ、俺の予感はよく外れるけどな！

3話　おっさん、邪眼を試してみる

俺とマリンは血が繋がってない。

本当の兄妹ではないんだ。

十年前、俺が二十歳の頃の話。

当時引きこもり八年目だった俺は、毎日ツンデレ妹系の小説を読みふけっていた。

そして読めば読むほど欲しくなった。妹が。

しかし俺の両親は、俺が十歳のときに大陸を出ていった。今頃リヴァイアサンの腹の中かもしれない。つまり妹は絶望的。

それでも諦めきれなかった俺は、爺ちゃんにこう頼んだ。

「妹買ってよ！」

爺ちゃんは俺に甘い。許可が出た。奴隷商館に行き、品定めをすることに。

結果から言うと、ダントツで輝いていたのがマリン。他の子がただの肉の塊に見えたほどだ。

ただそれ故、ブッチギリで高かった。

平民の平均月収は三十万リラなのだが、マリンの値段は六億リラだった。

「無理じゃ、さすがに無理じゃよタクト」

「この子じゃなきゃ俺、自殺するよ爺ちゃん！」

二十歳のわがまま。かなり効いた。爺ちゃんは昔街を救った偉人で王家とも仲が良い。金もたんまり持っていた。

結果、マリンを六億で購入した。

俺はツンデレを求めていたが、マリンにその属性はなかった。しかし、それで良かった。暴力ヒロインとか、マジ勘弁だし。

ともあれそこから十年が経過した——現在。

マリンは立派に成長している。どの位かって言うと、俺の手を引いて悪魔の眼前に連れてくるくらい。

「うわあああああ——」

悲鳴をあげる俺。教会の地下室に今いるのだが、眼前に化け物がいる。

真っ黒な皮膚で赤黒い眼光したそいつは体型こそ人間のマッチョっぽいが、翼が生えており角まで伸びている。

線を引くと四角形になるよう、床に四つ短剣が刺さり、その中心に悪魔がいる。ぜえぜえ、苦しそうだ。

『オレヲ……解放シロ……』

低い、耳に恐ろしい声音。俺はチビる寸前である。

「黙りなさい」

す、すげえ……。マリンの毅然とした態度に尊敬の念を抱く。

彼女と爺ちゃんは、退魔師をやっている。

退魔師とは何か？　ごめん、俺もよくわからん。

まあ、こういう悪魔を倒してたのだろう。

「覚えていますか。五年前、この街が危機に瀕したのを」

五年前……幼女小説にハマっていた時期か。全然覚えてない。

何でも、この悪魔が大陸を支配しようとしたらしい。

爺ちゃんとマリン、あと他の退魔師で派手に戦ったが完全勝利には至らなかった。

そこで、王家に伝わる宝具を借りて、ここに封じていたと。

「この状態なら、お兄様の封印魔法が効くはずです。どこの部位にするか、お決めください」

吸収型の封印魔法は、簡単に以下のルールがある。
1、封印する自身の部位は一カ所だけ
2、封印対象は同じ系統の生物にすること

欲張って腕も脚も強化する。魔物でも猛獣でも虫でも封印する。こういうやり方だと、魔力暴走を起こす。

これをやると魔人という自我を失った存在になり、もう助からない。

ゆえにルールは絶対に守ろう。

「じゃあ……目かな」

俺は昔から、視力だけは人より良かった。

逆に言えば、視力以外抜けたものはなかった。悲しい。おっさん、泣きそう。

「わかりました。……邪魔しないでくださいね」

追ってきた爺ちゃんにマリンが釘を刺す。

「わかっておる。心配じゃが、わしも見届けよう」

いや止めて欲しい。

俺、切実に帰りたいんだ。

だって悪魔、さっきからおかしいレベルで睨んでくるんだ。

前に立つ。悪魔が口を開く。

「オレヲ封印スレバ貴様ニ厄災ガ」

「封ＩＮ――眼！」

「チョ……」

俺は悪魔の頭にタッチする。これで封印完了、悪魔は消滅した。知識はあったが、使うのは初めてだ。

「ほわぁ、何か眼が熱い……！」

でも焼ける苦しさとかはない。

血が滾るような感覚。

そして俺は邪眼を手に入れた。

◇　◆　◇

悪魔を封じた目――邪眼。

家に帰った俺は、この邪眼の効果を強く感じていた。

まず眼が明らかに良好だ。以前よりよく見える。視野も広い。

さらに夕食時、マリンや爺ちゃんに『魔力量感知眼』を発動させる。

『文字案内』が機能する。

【魔力の総量を感知し、数値に変換します。ドンガ大陸の一般成人の平均は三千ほどです】

つまり、爺ちゃんの『35万／35万』という数字は馬鹿げてるな。すんげー。

次はマリンだ。

『68万／68万』

はい天才発見しましたーっ。

およそ爺ちゃんの倍！
そら十七歳で退魔師として生計立てられるわけだよ。
次は『パーソナル鑑定眼』を試そう。
【パーソナル鑑定眼では名前、年齢、種族、習得能力の四項目を知ることができます】

名前：ダイナ・バロンド
年齢：70
性別：人間男
能力：炎追槍　火炎放射　身体強化　抜き足

名前：マリン・バロンド
年齢：17
性別：人間女
能力：五雷玉雷矢ヒール〈＋軽症治癒〉魔法障壁〈無色〉

聞いたことないのもあるが、二人ともやっぱり優秀だ。
しかしマリンを捨てた両親って、実はすごい人達なんだろうか？
――待てよ。これ、自分も鑑定できるんじゃ……。

名前：タクト・バロンド
年齢：30
性別：人間男
能力：封印〈吸収〉邪眼

魔力量はと……三万もあるのでかなり嬉しい。一般人が約三千なので、良い数字じゃないだろうか。ただ残りが三千ほどしかない。

封印魔法や邪眼使ったから、魔力が減ったということだろう。

そういや案内に、悪魔封印したことで魔力総量が増えたって書いてあったな。

ということは、今後も悪魔を封印できれば増えていく？

希望が見えてきた。三十歳（おっさん）の未来は明るいかも。

翌日、俺は学校にいくと色んなやつを観察する——魔力量に注意しながら。

ほうほう、あの子は好きな男がいるのか。

エッ⁉　あの子、あんな大人しそうな顔して交際経験が三十人だと……！　ビ〇チなのかな？

プライベートがわかると、色々ショックがあるね。

「おはようございます。では点呼を取ります」

女教師がいつものように出席を取っていく。暇だしプライベート覗いちゃおうか。

へえ、交際人数が0……。とても親近感があるぞ。あーでも好きな人はいるのか。

俺だったりして？　一億パーあり得ないわ。

そういや『感情感知眼』なんてのもあったな。

【相手の現在の感情を色で知ることができます。胸のあたりが光ります】

あれ、色と感情の関係は教えてくれないの？

自分で試せってことかい。

「ヘイマ君」

名前を呼んでて感情ないからかな。

無色だ。

「次……ガルム君」

あっ、胸元がほんのりとピンク色に光った！

ピンクって何の感情だろ。普通にいけばエロ系か、もしくは恋愛……あらやだ。そういうこと？

よりにもよってあのガルムが好きなのかよ。

二十五歳と十七歳の恋か。エロすぎる。

「うぃーす」

ガルムめ、ムカつく返事しやがって。いつか罠にハメてやる。

「タクト君」

待て待て待て、先生の胸元にまた変化がっ。

今度はどす黒い色だ。禍々しいなおい……。

「タクト君っ」

ネガティブ系の感情だろうか。

嫌悪感など、そんな感じかな。

「聞いてるのですかタクト君！」

「は？　あ、いえ、何？」

「何度も呼んでいるじゃありませんか」

「あー失礼しました。普通にいます」

なーるほどね。俺に対しての感情かありゃ。

泣きてーーっ。

朝のＨＲも無事終わり、授業に入る。

一時間目は校庭に出て魔力訓練だ。

疲れるから座学がいいんだけどな。

「本日の授業テーマは『詠唱とイメージ、そして混合タイプ』になります」

ぼんやり聞いてたら女教師がまたキレる。

「タクト君、バレないように鼻毛抜くのやめてください。全部見え見えですよ」

「オッサン（笑）」

クラスが爆笑の渦ですよ。

これこれ、授業には笑いが必要かと思いましてね。

嘘じゃ！　めっちゃ恥ずいわーっ。

「まあ簡単な魔法も使えないオッサンには退屈だよな。オレは今日、ダントツの記録出すぜ」

ガルムがドヤ顔で告げてくる。○んで。

俺は愛想笑いしつつも、一つ思い出す。

『魔力流感知眼』なんてのもあったな、と。

使ってみるか――

4話　生徒の魔力を調べてみよう

人は誰でも体内に魔力が流れている。

もちろん個人差はあるけどね。

魔法を使うには『イメージする』『詠唱する』『その両方を行う』の三パターンがあり、そこに才能が加わる。

属性とかだな。軽いイメージでも火魔法撃てる人もいれば、どんなに頑張っても無理なやつがいる。

それで魔法発動法の三パターンで何が変わるか？　先生が言う。

「威力、発動速度に影響する場合もありますが、一番は魔力量です。自分に適した発動方法だと効率良く魔法を扱えます。逆に合っていないと無駄に消費します」

魔力量。

これとても大事だ。

これが完全枯渇すると、体に色んな異変が起きる。

まあ、最悪なのは魔人化だ。

でも特定状況下じゃないと魔人になんてならない。そこは安心。

「今日は、皆さんがどのタイプに向いているか調べましょう。私が判断してみます」

先生がやるのか。

本当にできるんですかね……。

さて、出席番号1の男子が呼ばれたぞ。

彼は風の魔法を使えるようだ。『風二撃』ってやつだ。

「では、まずイメージで撃ってみてください」

「はい」

おっと。せっかくなので『魔力流感知眼』でも使っておこう。

【体内の魔力の流れを見ることができます。無論、変質も認識できます】

試しに使うと人間の見え方が変わる。

表現がむずいけど、体が透け、中にいくつもの灰色の線が流れているのが見える。

血流？　ではなく、あれが魔力なのかな。

「いきます！」

おっ、おおっ、何か線の色が緑に変化してきたんだが！

しかも男子が伸ばした右手に急速に魔力が集まりだした。その直後だ。風の塊二連撃が放たれたのは。

拍手が起きる。ドヤ顔の男子が若干鼻につくのは俺だけか。

「素晴らしいです。次は詠唱を試してみましょうか」

あっヤバイな。ここで『魔力量感知眼』に切り替える。邪眼は同時使用不可みたいなのだ。

魔力総量が二万五千で、残りが二万千になっている。

じゃあ、さっきのは四千ほど使うのか。

というか、この生徒は日頃目立つタイプでもないのに魔力量結構あるな。

この学校の生徒は、やっぱり優秀なんだ。一般人とは比較にならないのかもしれない。

さあ、彼が詠唱でどの程度魔力減るかは見ものだ。

「詠唱は、魔法によって決まり文句があることはありますが、自由にアレンジしても問題ありません。むしろ、そちらの方が良い効果を発揮することもあります」

ふむふむ。

本人が好むワードが良いのかもな。

俺なら、ペロペロとかモミモミ……。

あかん。

詠唱でセクハラしてしまう。

「じゃやります。――――風よ吹け、我に従え風の精、今こそ発動せよ、ふーふーぴー、ふっふーぴーこらさー」

だ、ださっ……！

クラスメイトもみんな必死に笑い堪えているし。ガルムだけは「ブハッ」と唾噴き出したけど。それ俺にかかってんですけど！

でも気持ちわかるわ。あれはないわー。

先生も笑いかけている。

「うくっ……こほん。やはり素晴らしい魔法ですね。違いはないように思えますが……イメージの方が貴方は合っているかもしれません。次は混合やってみましょう」

そうか、彼はイメージ型が濃厚かー。

――えっ⁉　あの人の魔力が二千しか減ってないんだが。

これって、どう考えても詠唱の方が向いてるってことじゃないか。

次の混合型では、消費量が約三千ほどだった。

「貴方はイメージで発動した方がいいかもしれませんね」

「わかりました先生」

やや、ダメ。あかんよ。

そりゃカッコ良さ重視ならそうだけど、彼は明らかに詠唱が向いてる。

「ごほん、あーごほん」

「……何ですかタクト君」

「実は俺、日頃厳しい精神修行しているせいか、昨日妙な力を得まして」

「胡散臭いですね。一応聞きましょうか」

「特殊な眼力を得ました。魔力の向き不向きがわかるという。それで、彼は詠唱が向いてるかと」

「私の判断が、間違っていると？」

うっ、怖いな。

でも明らかに間違っているんだよ。うーん、どうしたものかね。

あまり強硬だと先生に嫌われてしまうか……と思ったけどすでに嫌われてたんだった。

「確実に、間違ってるかと」

「ならば、私が何に向いてるか当ててみなさい。私は有名な魔術家に師事していた経験があります。向いている方法は、その方に判断していただきました」

その師匠がバカだったらどうしよう……。

信じるぞ師匠。

俺がうなずくと、先生は三パターンで同じ魔法を使う。

『火炎球』という火魔法だ。ちなみに魔力は赤に変化した。

これ、戦闘にも使えるじゃん。何系来るかわかるし。ともあれ、先生はイメージ型らしい。

「当ててみてください」

「明らかにイメージ型ですね」

「っっ……」

「信じていただけましたか。それなら良かったです」

俺は前髪をフワッとかき上げる。

シラミ落ちてないよね？

とにかく、さっきの男子も俺を信じて詠唱を優先させていくらしい。今後、彼女できなそう……。

俺は罪なことをしたのだろうか……。

「タークト君、ちょっといいかなー☆」

おや？　普段は俺を蛇蝎のごとく嫌うはずの女子がニコニコしている。

恐ろしい。何が起きるんだ。

「私の適正方法、教えて欲しいなってー」

あーそういうことか。

使えるとわかったら、キモくても優しくする。そういうとこあるよな、女子って。普段俺のこと
病原菌扱いしてることを思い出して欲しいね。

「女子の皆さん、俺みたいなキモオヤジと口利いて大丈夫です？　この前会話すると妊娠しちゃ

う！　とか笑ってたような」

「ちょっとだれー、そんな酷いこと言うの。最低だよ～。あ、私はタクト君のことそんな風に思ったことないよ。むしろ大人の魅力あって他の男子とは違うな～って感じてた」

「実はアタシも。見た目若いし、カッコイイかもって」

見たかい男子ども。これがリアル女子だぞ。掌返しと書いて女と読める気さえしてくる。

とはいえ、俺も人気は欲しいの。だから正直に教えていく。みんなキャーキャーはしゃぐのが可愛いね。スカートがめくれそうになっているのもいる。狙い通り……。

「ふふ、次は私ですね」

さらさらロングヘアーの美人が微笑を湛える。シャリーだ。

昨日、わざと詠唱遅らせたあの少女だな。

「へー、シャリーさんは混合型ですねー」

「そうだったのですか……自分では詠唱だと」

そうだよ？　君は、詠唱が適正。でも俺に酷いことしたから本当のことは教えないんだ。

槍女、レミラである。

「次はあたしね。早く教えなさいよ」

豊乳が自慢で貧乳の子をバカにするのが趣味の意地悪女である。マリンには全然負けてるんだけどな。見せてやりたいよ俺の妹を。顔もスタイルも性格もお前より上だぞ。

「でもレミラさん、あんまり魔法使えないじゃないですか」

「いいから教えなさいよ。突かれたいわけ？」

上から目線を止めて欲しいもんだ。

本当のことは教えないでおいた。

「オッサン、次オレな」

ガルムか……こいつは剣士だが、念のため一番遠いのを教えておかないと危険だ。完全に力を悪用するタイプだから。

混合で一番魔力の減りが激しいな。頭が弱めだから、二つ同時に行うのは苦手なのかな。

「ガルム君は、明らかに混合型ですね」

「じゃあそれは使わねえわ。オッサンがオレに正直に教えるとは思えねえし」

ちっ……ガルムめ……これでなかなか策士な男だ……。まあいいや。

女子にチヤホヤされたからそこそこ楽しかったしな。

「……」

「あ、先生。まだいた……じゃなくて、その、気を落とさないでください、ね？」

「別に落としてません！　今日の授業はここまでです」

うわ、先生のメンツ奪っちゃったもんな。

それともガルムの前で恥かかされたからか？でも俺も相当酷い扱いされてるわけだし、ここはおあいこということで納得して欲しい。

学校が終わると、俺は急いで帰宅準備を始める。

ガルムらに絡まれたくなかったからだ。

学校を出てから、これからどうするか悩む。

「またギルド行ってみようかな……」

昨日に比べ、動体視力などが相当上がっている。

次は勝てる気がするんだよなあ。あの生意気な十二歳に。

よし決めた、行こう！

5話　十二歳と三十歳の戦い

冒険者ギルドに到着した。

中に入ると、受付嬢のエリナが嘔吐でもしそうな顔をする。

そんなに俺のこと嫌いか。

「こんにちはー」

「……何のご用件でしょう」

「また登録試験を受けたくてですね」

「昨日の今日ではないですか……」

「男子、二十四時間会わねば刮目せよ、って諺がありますよね」

「あんたおっさんでしょうが。……いえ、失礼しました」

絶対失礼したと思ってないんだよなぁ。

俺は室内を見回す。

アナドはどこに……ちぇ、女とイチャイチャしてやがる。

「また、アナドさんでよろしいですか？　ハア……」

気だるそうにするエリナに首肯する。

エリナが声をかけると、アナドとその彼女がやってくる。

「はー、オッサン懲りないねえ？」

「諦めない。それが俺の人生テーマですから」

「ほら、ミーちゃん。これが昨日話したオッサン」

「え～あの～、チェリーの？」

「そうそう、ぶあはははは。生きた化石の！」

いいですよ。今のうちに笑いなさい。

十分後に笑うのは俺だからね。

しっかしアナドの彼女、あんまり可愛くないな。唇ちょっとめくれてるし。脚太いし。

十二歳と付き合う女だしね。

表に出て闘いの準備を始める。

「では、始めてもよろしいですか」

「俺はいつでも構いません」

「あーおれもいつでも」

「では、始めてください」

合図がされても俺は突っ込まない。三十歳は学習したのだ。まずは鑑定する。

こいつの特技は『フェイントパンチ』らしい。これにやられたんだな、俺は。

「どうしたーオッサン。かかって来なよ」

「子供相手にムキになるのはみっともないかなって。だってアナド君、カマキリが怖いんでしょう？」

「っは⁉　ん、んな、わけ、ねえし。カマキリ？　え、あの鎌の？　あんなん怖いわけないじゃん……」

出てるんだよねえ。鑑定眼に。

あと野菜も嫌いらしい。ガキかよ。ガキだった。

そして注目は好きな物。なんとママのハグが大好きだそうです。

「実はこのタクト、昨夜開眼したんです。人の好き嫌いが見えるようになりまして」

「……んなの、聞いたことないし」

「当たってたでしょう？　野菜も嫌いらしいじゃないですか」

「だっ、誰に聞いたんだっ⁉　近所のおばさんかよっ」

「アナド君の好きな物は……ええっ⁉　ちょ、マジですか。えーっ、これがーっ⁉」

大げさに演技すると、彼女が見事釣れた。

「何々、アナド君なにが好きなん？　あたし？」

「いえ、ママのハグみたいです」

「ちっがうしーーっ！　ハグなんて好きじゃねえし、別にアレ気持ちいいとか思ってねえし」

「アレ？　え、やっぱりしてもらってるんですか？」

「あう……」

墓穴掘ったな。所詮十二歳か。そろそろ大人の知性に恐れをなして欲しいもんだ。

堪え性のないアナドは我を忘れて猛進してくる。

大振りパンチに対して俺は大きめにバックステップを踏む。

昨日とは世界がまるで異なる。相手の動きが物凄くよく見えるのだ。右で打つのも、くるタイミングも丸わかり。動体視力がアップしたからかな。

スカって無防備のアナドの顔面に俺は全力で拳を入れる。

「ぼべしっ⁉」

ひっくり返ったところを間髪入れず馬乗りになる。

「このっ、昨日はよくもやってくれましたね！」

「うぼ、ごほ、じゃぶ⁉」

顔にビンタしまくってたら、エリナから試合終了の合図が告げられる。

「そこまでで大丈夫です」

「合格でしょうか？」

「はい。登録しますので中へ」

ふー、意外と楽だったな。

メンタルが大事、とは素晴らしい薫陶かもしれない。

俺が中に入ろうとすると、アナドが死にそうな声を絞り出す。

「ミーちゃん……起こしてぇ、顔痛い」

彼女はニコニコと超笑顔でアナドに近寄る。

うわ、美しいカップル愛を見せつけられる……と身構えたら、彼女股間を踏んづけたじゃないか。

「んぎゃっ」

「ふざんけんなよこのマザコン！　二度とあたしの彼氏面すんじゃねえぞ！」

悪魔のような形相で怒鳴り、彼女は去って行く。

いくら何でもやり過ぎだ。彼氏が弱っている時こそ、彼女は助けてやるべきじゃないのかよ。それこそ本物の愛だろ。

苦しむアナドに俺は同情する。

「アナド君……辛い状態の君に、気にするな、とは言えません。ですが、世の中には信用できる女性と信用できない女性がいます。彼女は後者でしたね」

俺は微笑をし、アナドに手を差しのばす。

何だかんだで、俺たちは同じ新人冒険者なのだ。仲良くやるに越したことはない。

アナドも俺の握手に応じるように手を伸ばし、パシッと弾いてきやがった。

「チェリーオヤジが女語んな！」

「……そうですか、じゃあもういいですよ」

その後、ギルドに入って登録を済ます。エリナの質問に幾つか答えるだけの非常に簡単なものだった。

「おめでとうございます。タクトさんもこれで冒険者です」

「あれ、ランクの説明とかないんですか」

「ランクなんてありませんよ」

「でも素性調べたりとか」

「別にいいです。変なことをしたら、マスターや他の冒険者が貴方を殺します。王から許可も頂いていますから」

……野蛮ですねえ。変にルール説明されるより、よっぽど規制力がある。

「本日から依頼をこなします？　新人は一応薬草取りなのですが」

「そうですね……ん」

何かこっちに熱い視線送ってる男がいるな。

鑑定する。

好きな物事に『新人狩り』というワードを発見した。

「いえ、今日の所は帰ります。それではっ」

俺はギルドから脱出した。

面倒なことには巻き込まれたくないのだ。

家に帰る途中、まだ使ってない邪眼が二つあることを思い出した。

まずは『魔素感知眼』である。

【大気中の魔素を色で知ることができます。眼力では四段階で判断できます。弱↓薄い灰、中↓濃い灰、強↓薄い赤、極強↓濃い赤】

街中は透き通るような薄い灰色だ。

魔素は魔力の源であり、人は空気を吸うように魔素を体内に取り込んでいる。

ちなみに魔力が完全枯渇すると、人は過剰に魔素を取り込む。その際、肉体にダメージを受けたり、暴走することがある。

一番ヤバイのが魔人化。

ただこれは、魔素濃度が極端に高い場所で枯渇する時のみ魔人になるとか。

そしてそんな場所は、まず見つからないって本に書いてあった。

「へえ、同じ街中でも場所によって濃度が若干違うな」

俺の魔力量の回復速度が、多少異なる。

やはり濃い方が魔力が溜まりやすい。

「こっちはだいぶ濃いな」

細路地の方へ歩いていく。

鑑定眼とか使ったし、どうせなら全回復しときたい。

「いいだろー、なあよー」

「やめてください……。本当に、迷惑ですから」

はい、ベタな展開きましたよ。

強面の兄ちゃんに、妙齢の女性がナンパされている。

女性の顔は見えない。

でも後ろ姿のスタイルは抜群だ。仕方ない、俺は困っている人を見ると助けずにはいられないんだよな。

別に美人そうだからって理由ではない。……そりゃ少しは美人に英雄視されることを期待しているかもしれないが。

6話　死の森を進んでみる

今いる場所は大通りのすぐ近くにある。

いざとなったら大声を出せばいい。

ということで、俺はナンパ男に歩み寄る。

「あの、やめてあげてください。彼女が嫌がってるじゃありませんか」

「んだぁ？」

「ああん、助けてっ」

バッッ、と振り返るスタイル抜群の女性。

俺は自然と顔をチェックしてしまう。

あぁ……うん……そっちか。そうか……そっちか…………。でも俺は人を顔で判断しないぜ。

背後に回った彼女を庇う。

「ここは俺が何とかします。下がっててください」

「じゃよろしく」

「ちょっ――」

ドンッ、と強く背中を押され俺はナンパ男の前に躍り出る。

俺を突き出した女は全力で逃げていった。

いやさ、さすがに俺でもその扱いは傷つくって。

「それで、俺に言いたいことがあるんだよなァ」

胸ぐらを掴まれる。苦しいし、こいつの威圧感が半端ない。

「ぐっ……すみま、せん」

「あのよ、上辺だけの言葉いらねーから」

あかん。これは勝てない。

だが、何か雰囲気が妙だ。

殴ったりしてくる気配がないのだ。

むしろジトッとした目で俺の全身を見回してるという……。

鑑定眼発動――好きな物事の欄に『男堀り』というワードがあって絶望しかない……。

やばいやばい俺に今できることは何だ。役に立ちそうな邪眼は……『睡眠眼』

そうだ、ラスト試してなかったやつだ。

【状態異常眼、に分類される能力です。目を合わせると眠らせることができますが条件があります。1、目に込める魔力量（多いほど強い）2、相手との距離（近いほど強い）3、相手が警戒しているか無防備か
かかり方は個人差があり最高の状態で使っても効かない相手はいますし、逆に状態が悪くとも有効な相手もいます。

またその時の、相手の体調や体力にも左右されます。注意点は、相手が魔力を跳ね返す装飾品などを身につけていると、全て自分に返ってきます】

リスクがあるとはいえ、今打てる手はこれしかない。

戦闘力はあちらが上なのだから、このままじゃお尻がヤバイことになる。

俺は一度目を閉じる。魔力を多く目に集めるイメージ。

「観念したのか。物わかりがよくていいぜ」

「今だ！」

「ぬおっ」

ちゃんと目があった。

数秒待たずに——ばたっ、とナンパ野郎が意識を失ったみたいに倒れる。

「い、生きてますかー」

こんなんで人殺しはさすがに嫌だ。

口元に手を当てる。息はある。寝てるだけだ。

「ふー、睡眠眼なかなか強いな。でも脱力感が」

調べると、今ので一万五千も魔力使ってた……。消費量激しいね。気をつけよう。

ナンパ男が起きる前に俺はさっさと自宅に帰ることにした。

◇　◆　◇

翌日の日曜、俺は妹のマリンとお出かけをしていた。

どこにいるかって言うと、死の森と呼ばれる危険なところだ。昨夜、俺が冒険者になったことを告げると、爺ちゃんとマリンは盛大に祝ってくれた。

その際、俺は調子に乗ってこう発言したのだ。

「俺、爺ちゃんとマリンを守れるような、強い男になりたい！　あとモテたい！　協力して欲しい」

その結果、ヤバイ森の入り口にいる。

この森、奥に悪魔の存在が確認されてるらしく、それを封印していこうって話だな。

そう、俺の目を強化するのが目的ってわけですよ。

「そんなに緊張せずに。全て私がやりますから。お兄様は最後の封印だけしてくだされば」

「お世話になります」

「いいんですよ。このマリン、お兄様のものとお思いください……きゃっ。今のは変な意味じゃありませんからね！」

「あのマリン」

「ところで、お兄様もお年頃ですし、お気に入りの女性などはいるのでしょうか。恋愛の季節、ですし……」

「あのマリンさん」

「お兄様に恋人になる人は誰なのでしょうね。案外身近なところにいたりして……うふふふ」

「マリンさあああああん！　お願いだからちょっと聞いてくださいってば！」

さっきから、あの木の陰！　あそこに気味の悪い魔物が立っているんだ！

ゴブリンなのかよあれ？

身長は百四十センチとかそんなものだ。ただ俺が図鑑で知るゴブリンは緑色だ。

しかしこいつは黄土色。わし鼻で耳が尖ってて牙が生えてて……なんか息が臭そうだ。

ひゅーふー言ってる。

「な、何俺のこと睨んでんだよ。しっしっ」

「キシャアアアアアアア！」

いやあああ、襲ってきた⁉　しかも完全に俺狙いじゃねえか。逃げようとするが地面に這ってた木の根に躓きすっ転ぶ。

やばい、殺される……。

「ふざけるのもいい加減にしなさい」

マリンが愛用のメイスを片腕でブンと振る。

飛びかかってきたゴブリンがぶっ飛ぶ。

樹木に当たって跳ね返り、地面に頭から倒れる。

強い……っ。

「薄汚い魔物風情が、私達に触れることは許されません」

さすマリ。もう惚れてしまいそうだから困る。

なおゴブリンはビクンビクンして生と死の境を彷徨っている。

「あれ、ゴブリンだよな」

「超速ゴブリンです。ゴブリンより更に性欲が強く、男女でいる時はまず男性を殺しにかかります。後で、ゆっくりと女性を襲うためですね」

「普通のゴブリンより動作が速いから超速か」

「いえ……超速は……腰の振り方、らしいです……」

「うわ、気味悪っ」

でも確かに、こいつめっちゃガッツついてそう。

どう見ても女の天敵じゃねえか。

「今、消すのでお待ちください」

「待ってくれ。ここからは――俺がやってみる」

元引きこもりとはいえ、俺も男だ。

魔物の一体や二体自分で倒せないとな。

「ッキ……シャ……」

ふむ、立ち上がったはいいがフラフラしてるねえ。そうじゃないと困る。

ちなみに今の俺の装備は、拳に殴打用の手甲、足には鉄板入りの安全靴を履いている。

剣を持つより、生身で闘うスタイルを選んだ。なぜなら間違って刃で自分を切りたくないから。

「ヘイ、カモン」

軽いステップでゴブリンの周囲を回りつつ、挑発してみる。

おっと、こいつ……。

完全に俺を見失ってやがるな。

チャンスなのでタンタンッ、と一瞬で接近し、パンチを炸裂させる。

腰もちゃんと入って全力で打ち抜けた。ゴブリンは数メートル弾かれ、そのまま動かなくなる。

寄って確認すると、側頭部がへコんでいた。

「超速ゴブリン。元気な時にやってたら危険な相手だったな」

「素晴らしいです。お兄様には格闘技の才能があると思いますよ」

「そうかな？」

「はい、魔物に対して怖じ気づかず接近するその胆力。私も見習いたいです」

なるほど、俺はもしかしたらその辺の人よりは度胸があるかもしれない――

「――うわあっ、蛇だぁ!?　つかマムシ！」

「問題ありませんよ」

ドン、とメイスがマムシの三角頭に的確に落ちる。瞬殺か。さすマリ。

「……ごめん、やっぱ俺胆力ないわ」

「でも素直さと間違いを認める器はあります」

「なるほどっ」

「いきましょう」

「ああ、ガンガンいこう！」

死の森だっけ？

いくら危険でも、マリンさえいれば何とかなるでしょう！

7話　兄と妹は協力して悪魔に立ち向かう

さあ、森の奥にやってきたぞ。

どんどん鬱蒼としてきて、太陽からの光もあまり届かなくなる。肌寒い。薄暗い。なんか空気が悪い気がする。とにかく、ホラーチックで少し嫌だ。

「この奥に、悪魔はいるはずです。私が必ず倒しますから、安心してくださいねっ」

可愛らしく両腕でポーズを取るマリン。偶然だけど、その巨乳を挟む形になる。年々エロくなっていく妹。それに戸惑い、葛藤に悩む兄。これで一本小説書けそう。

いや、今はそんなんどうでもいいってば。

俺には、大きな疑問があるのだ。

「マリンや爺ちゃんって悪魔をメインに倒す職業だよな？」

「はい。悪魔はそのへんの魔物より強い傾向があります。そこで私達のような専門職があるのです」

「今回の悪魔は、滅茶苦茶強いの？　だって今まで放置してたってことはさ」

「お兄様は鋭いですね。倒さなかったのには理由があるのです。それはここが死の森と呼ばれるのと関係していまして――ごめんなさい、話を中断します」

マリンが凛とした表情で前を見据える。

奥には樹齢数千年とか経ってそうなご立派な大木があるんだけど、その近くを浮遊している存在がいるのだ。

今回のは全身が青みを帯びている。

角が一本。眼が黒い。翼は細長い。顔の造り自体は美青年風だった。

「美しい迷い人がやってくるとは、珍しいこともあったものだ」

スカした物言いだ。アシメントリーの前髪を指でいじっている。あいつ、絶対ナルシストだな。

「迷い人ではありませんよ。退魔師です」

「オォゥ、運命とは何と残酷なのだ！　このような仕打ちを、このオリオンに与えるのだからァ！」

「お兄様、下がっていてください。すぐに退治します」

多分、俺が中途半端に参加しても足手まといになるだろう。

だから、木陰に隠れて今回は様子を見る。

勝負はすぐに開始された。

ヴォン――マリンの近くに直径二十センチほどの光る玉っぽいのが出現する。

でもただの光じゃないな。バチバチと放電している。

『五雷玉』って能力で間違いないだろう。ちょうど五つあるし。

マリンは腕、そして指を使ってそれらを器用に操り出した。五つの雷玉が悪魔オリオンに襲いかかる。

「フッ、美人な上に腕も立つとは」

短く息を吐きだすと、オリオンは羽ばたく。

飛行速度はかなりあるな。さすが悪魔か。

でも襲いくる雷玉から逃げるので精一杯って印象も受ける。

そりゃそうか。雷玉に触れただけでヤバイのに、一つ一つからうねった電撃が放射されるのは反則級としか言えない。

めちゃ強い……かっこいいなマリン……。

何で俺の妹なんてやってるんだろう？

俺も何か手伝えないか考える。邪魔しないように『魔力流感知眼』でも使ってみよう。

あら？　逃走中の悪魔の魔力を調べてみたら、妙なことに気づく。

体の一部に魔力が集まりだしているのだ。色は茶色である。赤が炎、緑が風だった。じゃあ茶色は……普通に考えて土か。

「マリン、あいつ多分魔法使うぞ。土魔法だと思う！」

俺が発した言葉で、マリンは注意を自分の周囲にも向ける。

ボコッ、と何かが起きる兆しが地面に現れていることを悟ると、大きく後方へ下がった。直後、先端の尖った円錐状の土が隆起してくる。

あぶなっ。さすがに、あれモロに食らったら体貫かれるよな。

「なにっ、このオリオンの隠密魔法を察知しただと⁉」

動揺するオリオン。確かにノーモーションでやられたらキツい。しかも逃げてると思わせてからの唐突の反撃。当然詠唱だってしてない。

大抵のやつは、あれで殺られるのかもしれない。

「感謝します。おかげで無事で済みました。もう、一気に決めますね——」

五雷玉がそれぞれ意志を持つようにバラバラに動き出す。その動きは縦横無尽で手のつけようがない。挟み撃ち、上下攻撃、さらに電撃まで放たれるのだからオリオンが涙目になるのも仕方ないだろう。

「なんだぁ、このオリオンが、ついていけないウガアアアアア⁉」

よっしゃ、ついに捕まえたか。翼を動かす筋力が麻痺したオリオンは力なく墜落する。

マリンの真骨頂ここに見たり、って感じだな。すごいぞ我が妹。

「お兄様、こちらへ来てください」

「う、うん」

マリンの合図で俺は悪魔に近寄る。感電しているのか、痙攣して逃げ出すこともできないようだった。

「今ならいけるかと思います」

「ま、待って、交渉を。ここにはお宝が」

「嘘つけ、封ＩＮ――眼！」

前回と同じように頭に触れる。封印は無事成功した。

【悪魔オリオンを封印しました。以下の特殊能力（スキル）を得ました。

〈近方視力が向上しました〉

〈遠方視力が向上しました〉

〈魔力総量が増えました〉

『麻痺眼』の能力を得ました
『健康感知眼』の能力を得ました
『土操眼』の能力を得ました
『色光眼』の能力を得ました】

いいねー、今回も色々覚えたぞー！

俺、全然大したこと何もしてないのに。

妹様々だ。家族はやっぱり日頃から大切にするべきだよな。

「能力は覚えました？」

「ああ、マリンのおかげだよ。さっそく何か試してみようかなー」

「すみません。実は、のんびりできないかもしれません。この森で、特にこの付近で派手に闘うと

――」

ゴゴゴゴゴゴゴゴゴッ――

な、んだっ⁉　急に地震みたいなものが発生する。

「やはり……。ここは森が生きていると言われています。怒らせた者は必ず死ぬ、という意味で死の森と呼ばれていまして」

つまり、あの悪魔を今まで退治しなかったのもそのリスクがあったから。

「ど、どうすりゃいいの？」

「逃げます。全力で！」

「わわわかった」

俺たちが出口目指して走り出すと、世にも奇妙な現象が起こりだした。

不思議なことに、森中の木々が生きてるかのように枝などを伸ばしてきたのだ。逃がさない、とばかりに。

さらに緑の葉が、大量に俺たちの顔に飛んでくる。視界を塞ぐように。

「ハアアッ」

マリンの五雷玉が襲い来る枝葉を見事に潰していく。俺の方は精一杯ダッシュする。

三百メートルも疾走すると心臓が破裂しそうだなってきた。もう、ダメかもしれん……。

「はあはあはあ、俺はもういい。マリンだけでも逃げてくれ……」

「あり得ません」

「でも、お前一人ならいける。それに俺の命の価値なんて大したものじゃないから……」

「それは絶対に違います！　ですから、二人で逃げ切りましょう。乗ってください」

しゃがむマリンに俺は一瞬戸惑う。これはおんぶ？　だが今は、僕三十歳だし恥ずかしいよぉ……

とか言ってる場合じゃない。

「お願いするっ」

「落ちないように気をつけてくださいね」

グンッ、と俺は後ろに引っ張られる感覚を覚えた。これは急激に速度が出たゆえに起こった現象だ。えっ、足がめちゃくちゃ速いんだが⁉

さっきまで、俺に合わせてくれてたのがハッキリわかる。この調子なら逃げ切れそうだ。

しかしマリン……胸がとんでもなく揺れてるな。

そりゃそうだ。この勢いで走ってるのだから。俺は昔聞いたことがある。大きいと走ったときに揺れて痛い、と。

つまり今、痛いのを我慢してる？

俺が手で固定してあげるのが兄としての優しさだろうか？　んなわけあるかっ。

「ウォンウォン、ワォオオン！」

「は？　何あいつ？」

後ろから全力で追ってくる狼がいる。体は犬より少し大きいくらいで、背中の毛が緑色なのが特徴だ。

「少々やっかいですね……。スピーディーウルフと言いまして、実力は大したことないのですがスピードがあります」

マリンの足にも引けをとらない速さか。面倒な相手だ。しかもマリンは今、枝や葉の処理で手一杯な状態。

「俺が何とかする」

妹に助けられてばかりじゃ、恥ずかしくて兄を名乗れないもんな。

さっき覚えた能力に、闘いに役立ちそうなのもあった。でもぶっつけ本番でやるのは勇気がいる。

そこで、俺は使用経験のある『睡眠眼』を選ぶ。

眼に大量に魔力を集めるイメージ――

全部ではない――

少しはちゃんと残すように――

一度瞼を下ろし、開眼！

「クォン……」

狼の足の動きが鈍くなる。どんどんスピードが落ちる。やがて横に寝るようにぶっ倒れた。

やった、入ったぞー！

「さすがですお兄様！　もうすっかり使いこなしていますね」

「いや～、褒められると照れるなあっぶねええええ⁉」

枝が俺の頭すれすれを薙ぐようにしたのだ。

チッ――と髪の毛が何本も持っていかれた。

この年でハゲるのはやだ……。

「見てください、出口です」

ようやく希望の明かりが宿った。

ついに。ついに俺たちは五体満足で森を脱出することに成功した。

森から一歩出ると、もうあの枝も葉も追いかけてはこない。しかし、なんつー森だよここは。

もう二度と入りたくないな。

「ぜぇ、ぜぇ」

何で俺の方が死にそうなんだろ。おんぶされていただけなのに……ああ、睡眠眼か。

とにかく、地面に大の字になって休む。

「お疲れ様でした」

「いや、もう、俺一人だったら十回死んでた」

「私だって同じですよ。悪魔の攻撃もお兄様が察知してくれましたし、狼もそうです」

おべっかだな。マリンなら一人でも絶対死にはしない。

俺は妹のしっとりとした柔らかい手を借り、疲れ切った身を起こす。

ニコリ。マリンが美しいスマイルを浮かべるので、俺もつられてニッとする。

「帰ろうかマリン。我が家へ」

「はい、お兄様！」

今日は疲れたし、邪眼はまた今度試すとするか。

8話　土操眼炸裂！

俺は朝が弱い。

休み明けは特に起きるのがキツイ。

そりゃ引きこもり時代は、好き勝手に寝たり起きたりしてたからなぁ。

「い、いけませんお兄様……」

んん？　何だ、マリンの焦った声がすぐ近くで聞こえてきて俺は目を覚ます。

ベッドで寝る俺のすぐそばに——マリンがいた。真っ赤な顔で。どこか嬉しそうな顔で。

というか、なぜ俺は妹を思いきり抱きしめてるんだよっ。

「わあああ⁉　なんでぇ⁉」

急いで離れる。さすがにありえんだろ。何で俺は妹を超抱きしめてるの。

「起こすため声をかけたら、お兄様が急に私の手を取り……抱き枕に」

「おぉっと、それは失礼した……」

「全然失礼ではないです！　むしろ抱き心地はどうでしたか？」

「だ、抱き心地……」

「いえ、今の発言は聞き流してください。朝食の用意ができていますよ」

ということで、一緒にリビングに下りる。色とりどりの食材を使用した、美味しそうな料理がテーブルに並んでいた。

うちの家事は全部マリンがやる。俺も手伝いたいのだが、彼女は立ち回りが完璧なのでかえって邪魔になるのだ。

「むほほん」

「……爺ちゃん、めちゃご機嫌だね？」

パンをかじったままニヤけてる。

どうした七十歳？

「あっ、わかるー？　今日は良いことあるんだよねー。そうそう、わしは今晩、夕食はいらないのでー」

「仕事？」

「いいや老人会で出会ったトメさんと初デートなんじゃよーっ。多分泊まりになるからー」

マジか。さすが三百人と付き合った男。手が早すぎるだろ。七十なのに元気すぎるよ爺ちゃん。

「なあ爺ちゃん、何かモテるコツってあるの？」

「基本中の基本じゃが、まずは笑顔を絶やさないこと」

「でゅふふふ……こう？」

「イヤ、ウン……まあ……。次に、優しくあること、ウィットに富んだ会話をすること、何より女性のナイトであることじゃな」

難しいこと簡単に言うな～。

色々教わりつつ朝食を済ませ、出て行こうとするとマリンに呼び止められる。

「お兄様、今日はお小遣いの日ですよ」

マリンが二百万リラを渡してくる。さらに爺ちゃんからも五十万リラをいただく。

引きこもり時代、俺はたまに外に出て買い物をしていた。主に本だ。一冊数十万なんてザラなので、二人はお金をいっぱいくれるのだ。

「二人とも、いつもありがとな！　でも冒険者になったし、今月で最後でいいよ」

「そんな……それでは私のお金の使い道がありません。どうか来月以降も受け取ってください」

「そ、そう？　まあそのへんは後で相談しような」

少し遅れそうなので、俺は家を出ることにした。

早歩きで登校する途中、昨日獲得した能力を思い出す。

まず魔力量。これは五万から八万にアップしていた。やったぜ。

次に、『健康感知眼』を使ってみる。

【体温、一分間の心拍数、発汗の多寡を調べます。また持病がある場合、それも示します】

通行人に使ってみる。どうせだし、若い美人がいいね。

体温36度　心拍数72　発汗少　持病　切れ痔
見てはいけないものを見てしまったぜ……。

あんな綺麗なのに。シャンとしてるのに。アレに悩んでるのか……。

「人間わからんもんだねー」

俺は人体の不思議に驚きつつ、学校へ急いだ。

◇　◆　◇

一時間目は外で格闘訓練だ。

うちの学校は魔術学校だけど、ファイタータイプも普通にいる。

魔法を一つも覚えていないのは、さすがにいないかな。俺も封印魔法使えるし。

今日も先生がありがたい教えを口伝する。

「魔術師とはいえ、最低限の格闘技術は必要です。敵は、魔術師は体力が低いと判断して掴みかかってくることも多いです」

最低限のいなし方。それくらい覚えよう。

今日の授業テーマだ。

「みなさん、自由に組んで練習してください。私が見て回ります」

「オッサン、やろうぜ」

ドヤ顔のガルムである。何で真っ先に声かけてくるのがお前なの。

断っても全然受け付けてくれないし。

「待てよガルム。オッサンはおれの獲物だ」

なんか別の男子も混じってきた。

うっとうしくて仕方がない。こんな男達にモテたって全然嬉しくない。

「いやさすがに二対一じゃつまんないだろ。オレ一人でも、オッサン泣くレベルなのに」

「けど、おれだってオッサンとやりてえんだよ。ストレス溜まってんだ」

ガルムの友達、さすが質が悪いなー。

俺がさりげなく逃げようとすると、先生が背後にいてビビる。

「あ、あの、よろしければ私が参加しましょうか。二対二の状況もよくありますし」

「いいっすねー。じゃあ先生はオッサンの味方で」

「いえ、タクト君には敵になって教えることがあります。私とガルム君が組み、タクト君とテルナ君のチームでやってみましょう」

平静を装った顔つき。だが俺にはバレバレだよ先生。体温も心拍数も、発汗率も高すぎる。

感情眼にすりゃ、胸にピンクが輝いている。

ともあれ、俺はテルナとかいうのと組むことに。

「おいオッサン、こうなったからには狙うぞ」

「何をです?」

「先生の格好を見てみろ」

膝上くらいのスカートだ。

「転ばせてパンツを拝む。いいな?」

「テルナ君って、あまりモテないでしょう?」

「オッサンに言われたくねえわ。やるかやんねえのかどっちだ?」

「やれやれ……」

俺が迷っている間に始まってしまうようだ。

「では皆さん、準備はよろしいですか」

「あ、ちょっと待ってください」

「何ですか……」

嫌がる先生を即座に鑑定する。

スキルは雷系の魔法が幾つか、体術系もあるっぽい。魔力量は約十万。さすが先生だけあるな。

一方のガルム。こいつは魔法も魔力量もショボいが、剣技がいくつもある。悔しいけど、学校一の剣士かも。でも今は素手の訓練なので勝機は十分あるぞ。

んでもって、一応味方のテルナ。

お前はダメだ。『胸タッチ』と『スカートめくり』が特技ってなんだ! どんな人生送ってきた。

ごめん、俺が言えることじゃないわ。

まあ一応、水魔法一個とヒールが使えるっぽいのでまずまずかな。

「地面に手をつくか、倒れたら負けになります。さあ、始めますよ」

否応無しに訓練が開始された。

絶対負けるな。

胸タッチが趣味の男と引きこもり歴十八年じゃ、リア充剣士と先生に勝てっこない。

そこで邪眼を使う。魔法は禁止だけど、これは眼力だからギリギリセーフ判定じゃないかな。

校庭には、むき出しの地面がある。

『土操眼』いってみよう。

【地面の土を操れます。隆起させる、へこませる、形を変えるなど。イメージが重要です。自分から離れた場所に作用させるほど魔力が多く必要です。また、この眼力は経験や訓練によって向上します】

逆に言えば、最初は上手く扱えないと。

どのくらい出来るか試すか。

二人が突進してくるのでテルナの背後に隠れる。

「ふざけんなよオッサン！」

「時間稼ぎしてください。勝機はあります。下着見れますよ」

「マジか」

思春期男子はチョロいね。

発奮したテルナが体を張って二人の相手をしてくれる。

でもボッコボコにやられてる……。弱ぇ。

俺はこめかみに手を当て、ガルムの足下に意識を集中させた。

イメージ。イメージ。盛り上がるイメージ。

「おわっ⁉」

ガルムの足下が隆起する。格闘に夢中だったこともあって、意外とあっけなく尻もちをついた。

「ガルム君っ⁉」

「次は貴方ですよ」

より魔力を込めて、高く土を盛り上げる。

「ウッ……」

足場が急に不安定になるのだ。さすがの先生もバランスを崩す。だがすごいのは、ジャンプして宙で一回転しながら綺麗に着地を決めたことだ。

「すげえなオッサン、何した⁉」

「それは後です。今はとにかく、押してください」

「ノォオオオオ！」

テルナ渾身のドスコイ押し出しが炸裂する。

きゃあ、と女性らしい声をあげ、先生が転ぶ。

「オッサン今だぞ、この瞬間を見逃すなっ」

「はいっ」

言われずとも、目はしっかりと開いている。しかしながら、さすが先生と褒めるべきか。

「そうは、させませんよ」

転びつつも、しっかりと足を閉じてガードしている。

「む、腐っても先生ですね……」

「……だな」

試合に勝って勝負に負けた。そんな感じだろうか。

ちょっぴり残念だー。

でもま、試合には勝ったからいっか！

9話　イジメられっ子を救いだせ

昼休みに入ると、俺はフラフラーと外に出た。

一時間目で魔力をだいぶ消費したからな。

徐々に回復してはいるけど、魔素の多いとこに留まろう。校庭の隅っこには物置小屋がある。訓練の道具などが入ってるやつだ。

あそこらへんが濃度が高いようだ。建物の陰なら涼しいし、あそこで休もう。

俺は吸い寄せられるように歩き――止まる。ギスギスした声が聞こえてきたんだ。

「何とか言ったらどうなのよー、えぇ？　口がついてないんですか～？」

この嫌に耳に残る声は……槍使いレミラだな。

すごい不機嫌じゃないか。物置からこっそりと顔だけ出して状況を確認してみる。

レミラと友達の二人が、一人の女子を囲んでいる。あぁ、わかる。直感が瞬時に働いた。

俺もいじめられっ子だからさ……。

これは確実にイジメのワンシーンだ。

やられてるのはクラスの女子セシルちゃんじゃないか。

目が前髪で完全に隠れてて、かなり暗い感じだけど、俺のことを唯一馬鹿にして笑わない女子で好感度が高い。

「セ～シ～ル～、あんた聞こえてんの。何とか言ってみろ、このクサ女」

「レミラのこと無視してんじゃねーぞ、てめーっ」

汚い言葉を吐き、仲間がセシルちゃんを乱暴に突き飛ばす。しかも倒れた彼女に、水筒の中身をぶっかけるオマケ付きだ。

ひでぇ……。陰湿なんてもんじゃない。

レミラが槍の柄で、セシルちゃんの頬をぺちぺちと叩く。

「あんたってオドオドして、顔面髪で隠して、ボソボソ何言ってるかわかんなくて、何で生きてるの？」

「ぁ……すみ……ま……」

「聞こえないんだけどっ！」

「すみま、せん」

「何に対してすみませんなのか、言ってみなよ」

「……」

「何、答えらんないって？」

「生き……てて………ごめんなさい」

「あと汚くて、臭くて、ごめんなさいは？」

「きた……くて……くさ……て」

俺はもう辛くてたまらない。臭いとか汚いってのは、人の心を大きく傷つける。

そう本で読んだことがある。何なんだよ、セシルちゃんが何したっつーんだよ!!

俺は石を拾う。あの女め、俺だけでは飽き足らず、あんな大人しい子にまで手を出すなよ……。

怨念を込めて、レミラの尻に石をぶん投げる。

「誰っ⁉」

「くそ」

外した。っていうか、槍で弾かれた。反応速いわあいつ。

「誰かと思ったら、オッサンじゃない」

「一部始終見ましたよ。人間とは思えぬ所行ですね」

「うっざ。ここで消えた方が身のためだよ」

レミラは穂先を指でなぞる。脅しねぇ。正直かなり効いてるけど、ここで負けるわけにゃいかん。

頑張れ三十歳。

「じゃあ消えてあげます。これから先生のところに行くので」

「行けば？　あたし達は友達だし、何の問題もないわ。ねえセシルー？」

無理やり肩を組み、セシルちゃんを脅す。彼女は完全に怯えきって頷くしかできない。

「だから、それを止めろって言ってます。オッサンもたまにはキレますよ」

「魔力見るしか能がない癖に。キレたらどうなるわけ？」

「俺がキレたら…………君を倒します」

倒せるのか？　自分で口にして何だが、本当に大丈夫かよ。だいぶ不安だぞ。

レミラの表情が修羅のごとくおっかないものになってるし。

「いいじゃん、キレてみなよ。相手したげるからさ」

「い、いいでしょう」

「きな」

あーそうだよな、もう戦闘は避けられないよな。

とはいえレミラは相当強いし、三対一じゃまず勝てん。

けど幸い、サシでやってくれるらしい。俺なんて単独で十分すぎるということだろう。

校庭の広い場所に移り、俺はレミラと向かい合う。手甲はあるけど、まともに近接戦闘をやってしまうとまず勝てない。

ちなみにレミラの能力は『閃槍突』『破槍突』『円薙ぎ』『ワンステップ』『風二撃』。

見事なまでの槍女だぜ。

武器のリーチ問題もあるので、なるべく奇策で出し抜かないと。

一応、作戦思いついたのだが、勝機があるとしたら一回だけだな。一度外したら、百パーセント負けてしまう。

そしてあいつは、ガルムとかシャリーより容赦ない。殺しはなくても、大怪我は負うかもしれないな。

試合中の事故とか言えば、あいつなら許されるだろうし。

「なーに、まさかビビっちゃたの？」

「……お前なんかにビ、ビビるかよ」

「めちゃくちゃビビってんじゃねえか！」

発奮したレミラがとんでもない勢いで地を蹴り攻めてくる。迫力に気圧されそうになるが、俺は死ぬ気で自我を保つ。

そしてギリギリまで引きつけ——『土操眼』を発動させた。

今回はかなり魔力を消費する。胸元くらいまでの土の壁を作ると、俺はしゃがんだ。

「小賢しいのよ！」

ザッと音がしたと思ったら、土壁を貫通して穂先が⁉　お、俺の目玉のすぐ横……。

あと数センチズレてたら、なんて考えたくもない。

だがこれは好機でもあるのでレミラが槍を抜く前に俺は立ち上がり、その頭を掴んで引き寄せる。

「これを見てみろッ」

超至近距離からの『麻痺眼』だ。

最初なので説明が出たけど、んなもん悠長に見てらんない。というか、睡眠眼とそう変わらないはず。実際、ちゃんと効いてくれた。

「あがっ……」

レミラ自慢の槍がカランと落ちる。数秒で自身の肉体も地に倒れ、小刻みに痙攣を始めた。

「……あア…………ウうぅ……」

「ふう……。一歩間違えれば重傷でしたが、今回は俺の勝ちですね」

俺は唇をプルプルさせるレミラの横に立ち、手をグーパーさせる。何かを揉む仕草で。

チラッと仲間に視線を送る。いや口あんぐりしてないで、こいつどっか連れてってよ。

「連れていかないんですか？　俺がレミラさんの自慢の巨乳を好き勝手にしてもいいと？」

「ちょ、わかったって。待って」

仲間がレミラを担ぐようにして去って行く。

女子がいなくなると、膝が砕けたように俺は座り込む。魔力が相当減ってるな。今日は使い過ぎた。

「タ、タ、タクト、さん……」

セシルちゃんがペコリと頭を下げる。やっぱり前髪で顔は見えない。肌は白くてツヤツヤ。輪郭も綺麗。絶対可愛いと思うのだが。

もっと自分に自信を持って欲しいよオジサンは。

俺が頑張って起きると、彼女は一歩離れた。

「え、何で。あ、俺に近寄るの嫌ですか？」

ぶるぶる、と大仰なほど首を横に振る。

そして彼女は自分のことを指さしながら、

「わたし、汚いし……臭い……ので……」

「いや、それはあいつらの」

「ごめんなさい……ありがとうございました」

謝罪と礼をいっぺんに告げ、彼女は走り去る。

途中、こちらを振り返り、また感謝のお辞儀をした。

律儀な子。

「しかし、セシルちゃん。自己評価が相当低くなってるな。あほレミラ達のせいだ」

彼女は汚くなんてないし、臭くもない。

むしろいい匂いだ。俺が言うとちょっと変態っぽいか。

ともあれ今後もまたイジメられないか、注意しておかないとな。

あと、俺もより酷い仕打ちを受けないか気をつけよう。特に闇討ちが恐ろしいな。夜は絶対引きこもろう。

「放課後ギルド行く予定だし、回復しとくか」

俺はさっきの場所で、魔力回復を始めた。

10話　出会い

放課後、冒険者ギルドを訪れる。

まずは入り口の両開きの扉を少しだけ開け、中を覗く。

俺が避けたいのはあいつだ。『新人狩り』が趣味の男。

うん、今日はいないようだ。俺は安心して、受付にいく。受付にはエリナもいれば、おっさんもいる。経験豊富なおっさんを選ぶ人もいるだろうが、俺はエリナのところへ。

一応、顔見知りだしな。嫌われてるけど。

「こんにちはタクトさん。初任務の件ですね？」

「こんにちは、そうですね。今日は時間取れるので」

「うちでは初任務はヒポープ草という薬草を提出してもらうことになっています」

「えっ、それ結構レアなやつじゃありません？」

植物系の本で読んだことがある。レアなうえ、似たような草があり、見分けるのが非常に困難だとか。

「一草でいいのですが、正直難しいことは難しいです。失敗する人が大半ですね。でもここで成功できれば有能さを他の冒険者にもアピールできますし、私達の信頼度も上がります。……まあ難しいですけど」

エリナの態度を見るに、こりゃ失敗だらけだな。

有能さアピールね……。確かに他の冒険者もこっち気にしてるな。

それに成功すれば、一週間初任務達成者として掲示板に名前書いた木簡をかけておくそう。期間は三日だそう。

「受けるしかないようですね」

「では手続きします。念のため、売ってる物を買ったり譲ってもらったのがバレたら依頼失敗です。一生ズル野郎のレッテルが貼られます。でもそれ以外でしたら、方法は何でも構いません」

ちなみに、薬草がどこにあるかも教えてくれない。冷たいよエリナ。

情報収集から試験ってわけかな。

受付が終わると、俺は一度ギルドの外で立ち止まって考える。

「爺ちゃんは、結構薬草に詳しいんだよな……」

別に誰かの手を借りちゃダメとは言われてない。買う、譲ってもらう、がダメなだけだ。

とはいえ、爺ちゃんに頼るのは気が引ける。

今日トメさんとデートらしいし。

自分で頑張るしかない。

となると……俺は街中の人々に注目していく。

若い男女はダメだ。もっと年配か、もしくは中年くらいの人をプライベート鑑定していく。

大事なのは好きな物事。ここに薬草関連があるかだ。

いやー、苦労すること二時間。俺はようやくめぼしい人を見つけた。

飲食店から出てきた、痩せ形の中年男性の趣味が薬草研究だったのだ。

「あのー、すみません」

俺もだいぶ成長したかも……。引きこもり時代は、知らない人に声をかけるなんて考えられなかったよ。

しかしこの人、利発そうな雰囲気だな。ゆったりとしたローブ調の服を着て、厚い本を手にしている。期待できそう。

「私に何か用でしょうか？」

「少し、お話したくて。率直に言うと、ヒポープ薬草は好きですか？」

「ほう？」

おじさん、目が輝いたな。

「好きか嫌いかで言えば、大好きですよ。私は植物研究を仕事にしていますから」

「そんな感じしてましたっ。実は俺、これからヒポープ草を見つけたいんですよ」

事情を隠さず話す。嘘は厳禁だ。

「事情はわかりましたが、私も暇ではないので……」

「もちろんです。何も無料で時間を貸せなんて言いませんよ。今日一日付き合ってくれたら給料もお支払いします。そうですね……」

あれ、この場合いくら払えばいいんだ。

お小遣いなどでお金はあるので、少し多めにいこうか。

「一日三十万、でいかがでしょうか？」

「そんなにですか⁉　少し、考えてもよろしいでしょうか」

多分、俺の素性を疑ってる。

俺はちゃんと金を取り出し、払う意志を示す。

「半分は先に払います。採取から帰ったらもう半分。これでどうでしょう」

こい。ノってこい！　ノってきて！

おじさんが俺の前金を受け取る。よっしゃあー。

「私はワルズと言います。植物関連の学者をしております」

「タクトです。よろしくお願いします」

「早速ですが、ヒポープ草が生える森には魔物がいます。ゴブリンとウルフ系ですね。私はこう見

ない。

そうだよね。いくら冒険者と名乗っても新人な上、俺は見た目弱そう。おまけに剣も所持していない。

「ご安心を。特殊な眼力があります。ご迷惑はおかけしません……たぶん」

「それなら、早速行きましょうか」

ゴブリンとウルフなら、大丈夫だろう。

スピーディウルフにも睡眠眼は入ったし。

俺はワルズさんに案内され、草が生えているという森にいく。

もちろん死の森じゃないよ。マジで良かった。あそこはもうコリゴリだし。

街からもそう遠くないところで、規模も小さい。森の中は涼しくて、空気が澄んでいる。

心なしか、木々や草花たちも活き活きしているようだ。

「このへんではないですね。もう少し進みましょう」

ワルズさんと一緒に歩いていると、背後に気配を感じる。振り返ると、ゴブリンが灌木に隠れて虎視眈々とこちらを狙っている。頭がよろしくないな。見え見えだぞ。

ワルズさんが剣を抜く。俺も手甲を装備しているので構えを取る。

「ギシャア！」

さすがにバレたと気がつく頭はあるらしい。

何の工夫もなく突進してきた。飛びかかってきたタイミングで『土操眼』で土を盛り上げると、ゴブリンの顎下に入ってもんどり打って転倒した。

そこにトドメの拳を振り落とす。グチャリ、と。

ふう、今回はあまりビビることなくやれた。

「今のは、魔法ですか？」

「今のが眼力です」

「……素晴らしい能力です。神からの授かり物でしょうね」

悪魔なんですよねーっ。だがそれは口にせず、前へ前へ。しばらく進むと、急に立ち止まって彼は地面を真剣に探し出す。俺にはどこにでもあるように思える草を必死に鑑定している。

「ありましたよ、タクトさん」

「へ？　もう見つけたんですか？」

「そうです。少々運が良いのもありますがね」

だとしても仕事が速すぎる。俺には緑のカエデにしか見えないんだけど、本当にこれがヒポープ草なのだろうか。

「保証しますよ。何なら残りの報酬は、ギルドで鑑定が済んだ後でも結構です」

ここまで言い切るなら相当自身があるんだな。信じよう。良い人そうだし。

何であれ目的達成！　俺たちは帰路につく。

「ワルズさん、そんな簡単に見つけられるなら、それ売れば金持ちですよね？」

「それはやりたくないです。ヒポープ草がなくなります。私は一応学者ですから、自然はなるべく残したい気持ちはある」

自分の仕事に誇り持ってるんだな。引きこもり時代の俺にも聞かせてやりたいよ。

――と、ここで彼が表情を曇らせる。

「どうしました？」

「何か……においませんか？」

何それ、遠回しに俺が臭いと言ってるの？

一応昨日、体洗いましたよ。

だがそうじゃないらしい。

「あちらの方角ですね。魔物ならいいですが、万が一人間ということもあります。静かに確認しにいきませんか」

「わ、わかりました」

急にホラー感が出てくる。ってか臭《くさ》い匂いが人間からするって……死体なんじゃ。

足音を殺し、木々に隠れながら、そちらの方へ。

ワルズさんほど鼻の利かない俺でも、腐敗臭を感じることができるようになる。

うっ、ちょっとキツいわ。

「な、なんと、まさか……」

「うぉぉ……マジか……」

俺たちの視界には、とんでもないものが映っている。

この大陸ではすでに絶滅したとされる巨大生物——ドラゴンが横たわっているのだ！

正確には、傷だらけの状態で、おまけに体が腐敗しかけているのだが……。

それでも体長十メートルにも迫るような体躯、幾多の生物を噛みちぎってきたであろう強靭な顎や歯はまだ残っている。

「キュィ……！」

そして——何あれ可愛い……！

ドラゴンのすぐそばには、もう一体、子ドラゴンらしきものがいた。

11話　可愛いよドラゴネット

ドラゴン。空想上の生物とはまでは言わないけど、このドンガ大陸ではもう何十年も目撃情報がないらしい。

翼トカゲというドラゴンもどきは結構いるのだが、こいつは小型だ。こんなにデカいわきゃない。

銀の鱗に覆われた硬質そうな肉体、広げたらさぞ迫力あるであろう翼、そして長い尻尾や鋭い爪牙、何より超絶カッコいい顔つき。

は虫類にも似ているが蛇なんぞとは比べものにならんカッコ良さだね。

死んでるっぽいけど……。

そう、銀竜はもうダメっぽいのです。青色の目を開いたまま、ピクリともしない。

つか、腐りかけてるしね……。

「キュピュィ――」

俺たちの存在に恐怖を覚えたのか、子ドラゴンが走り去る。

トタタタタ（超走る）

トテッ（倒れた……）

チロチロ（こっち見てる……）

キュピピピー（可愛い鳴き声）

トタタタタタ（また走る）

かわええ――！

かなり小さいし、顔も走り方も可愛かった。翼小さいからまだ飛べないのかな？

「ドラゴネットって言うんですよね」

「おやタクトさん、よくご存知ですね」

「まあ本とか好きなので！」

ワルズさんに褒められたぜ。ちなみに子ドラゴンのことをああ言うんだ。

「追いかけましょうよ、ゴブリンなんかにやられたら俺一生後悔しそう」

「その前に、親ドラゴンの方を」

「あっ、そうですね」

俺とワルズさんは、死体を調べる。武器などが肉体に刺さってる様子はない。

土手っ腹に穴があいた状態になってる。それ以外には、細かい傷が多い。剣で傷つけられたみたいな。

人間にやられたか？　いやでも、ドンガ人がわざわざ竜に攻撃するかね？　俺なら絶対やらない。たとえモテるとしても。

ワルズさんは、植物以外にも多識で頭が良い。新たな見解を出してくれる。

「他大陸からやってくる途中、襲われたのでしょうね」

「リヴァイアサンですか？」

見たことないけど、文献によると空から大陸に近づく者も無差別で攻撃するとか。

「大きい傷はおそらく。ですが、他に細かいダメージがあります。これはおそらく空の魔物、または確率は低いですが悪魔あたりでしょうね」

可能性高いのはハーピーあたりかな？

このあたりには半人半鳥の魔物が時折飛んでいると聞く。ドラゴンからすりゃザコだけど、リヴァイアサンから致命傷級のダメージを受けてたら話は別だ。

子を守るため、何とか逃げ切ったけど、ここで力尽きた……って流れだろうか。

「――キュピュゥイ～～～！」

は⁉　遠くから届くこの悲鳴は……

「いきましょうワルズさん！」

言いながら俺はすでに走り出していた。

あんな愛らしい生物をむざむざ殺させてたまるかい。

可愛いは正義！　ブ○なら断罪される事でも可愛いというだけで許されることがある。

歴史書でいっぱい見たよ。理不尽さを。

ほら見ろ、やっぱりドラゴネットは魔物に絡まれていた。敵はゴブリンじゃない。たてがみが青い狼系が三体だ。

「ブルーウルフです、狼よりも速くタフですよ」

「スピーディーウルフとどっち強いですか」

「一般的には、それの下位に当たると言われていますが、油断はできません」

油断はしないけど、それなら『睡眠眼』は入る可能性が高いぞ。残り魔力量は……一万五千ほどか。魔力調整しても三体はキツいかも。

「キュィ、キュィ、キュゥゥ……」

三方向から睨まれ、おろおろするドラゴネット。きゃわえぇ……じゃなくて、俺は石を拾ってウルフ一体に投げつける。

ウゥッ！　とか吠えながらやはり飛びかかってきやがった。バカめ、引っかかりおった。

ブルーウルフが空中で前脚を振ろうとしたところで睡眠眼を発動させる。ウルフの目がトロン、とする。

そのまま前脚を出すことなく地面にダイブする。よし、動かないな。あとでゆっくり倒そう。

「キャウン⁉」

おおっ、ナイスだぜワルズさんっ。隙を見て一匹を切り倒してくれたのだ。

これで残るは一体。

俺とワルズさんがジリジリと距離を詰める。

ウゥゥゥと威嚇してきたが、そんなもんにビビるかっての。

「クオーン」

通じないとわかるや負け犬の遠吠えみたいに情けなく吠え、ブルーウルフは逃走をはかる。逃がすわけにはいかない。

万が一、仲間を呼びにいってたらやっかいだ。

ボコッッ、と逃走していたブルーウルフの前方に土壁が生じる。『土操眼』だ。

モロに頭から衝突したせいで、ウルフはヨロヨロとフラつく。そこで俺はウルフの尻尾をギュッと掴む。何をするか？　簡単、とにかくぶん回す。

ブンブンとその場で大回転するように、振り回しまくったあげくそばにあった木めがけて全力で放つ。

相当なダメージが入ったはず。だがしかし、俺の方も目が回っちまったぜ……。

クラクラしつつ倒れたブルーウルフに接近、怒りの鉄拳でトドメを刺すことに成功した。

「すんません、そっちトドメよろしくです」

うなづいたワルズさんは寝てるのを華麗に断ってくれた。

酩酊感にも似た状態が治まると、俺はウロウロするドラゴネットに歩み寄る。

あれっ、全然距離が縮まらないんだけど。

と思ったら、俺が一歩進むとドラゴネットが一歩下がるからだ。おじちゃん、怪しい人じゃないよ？

「ほら、こっちにきな。仲良くしたいんだよー」

ドラゴンは知能や感受性が高いと聞く。温和に話しかければ、通じるかも。

そう考えたけど、そんな甘くないらしい。

俺の顔はドラゴンにはほど遠いからな。

どうしたもんか……と悩んで閃く。

俺、まだ使ってない邪眼が一つあったじゃないか。

『色光眼』だ。

【虹彩の色と光度をイメージするだけで自由に変化させることができます】

それだけ。補足とかないし、多分強くなったりはしない。

でも案外、目の色って人の印象を左右する。ハズレ能力と断定するには早い。実際、今回は役立つかもしれない。俺は青っぽく変化させる。

なぜかと言えば、ドラゴネットの親がそんな色をしていたからだ。輝きもちょい強めにしとこう。

おや、ドラゴネットの反応が少し変化した。動きを止めた。だが焦りは厳禁。

「ワルズさん、何か食べ物あります？」

「干し肉なら」

大抵のドラゴンは肉食を好むが、それ以外も食えると本に書いてあった。干し肉なら嫌いではないだろう。

「分けてもらえると嬉しいです」

「どうぞ」

俺はしゃがんで目線を同じくらいに合わせる。もらった干し肉を優しく地面に置く。

「おいで、おいで。食べてもいいんだぞー」

「……ピュ」

「そうそう、それでいいんだよ～。おじさん優しくするからねーゲヘヘ」

おい最後、明らかに変態じゃねえか。自重せねば。とにかく笑顔を心がけた甲斐あってか、ドラゴネットがおそるおそる近づいてくる。

そしてついに――はむぅと肉を食べた。

でもまだ不安なのか、時折チラッと上目遣いでこっちを窺う。

やっぱりめちゃ可愛いー。

おじさんの心はもうドラゴンに打ち抜かれてるぜ、はあはあ……。

肉を食べ終わってもまだ離れていく気配はない。

俺はそーっと手を伸ばして、頭に触れる。

短めの角が二本あるので、その間を撫で撫でする。

「プュゥ」

犬が気持ちいい時やるみたいに、ドラゴネットも目をスッと細める。

これはかなり効いてるんじゃないだろうか。

「大丈夫、俺たちは仲間だよ☆」

穏和口調で声がけすると、可愛らしい鳴き声がかえってくる。警戒心は完全に解かれている。

ドラゴネットーーゲット!!

12話　妹がおかしくなった

あれから、ドラゴネットと一時間ほどジャレついた。

もうすっかり俺に懐いてくれたので、勝手にキューなんて名前も付けてしまいました。

「飼ったらマズいと思います？」

「本物のドラゴンとばれたら騒ぎですが、翼トカゲで通せば、いけるかもしれませんね」

「……黙っててくれます？」

「ええ。ただ時々会いにいっても？」

「もちろんですよ！」

ワルズさんが協力してくれるのは心強い。問題はキューの方が、俺についてくるかどうか。

「一緒に来るか？　来るよな？」

「キューッ」

喜んでるっぽいので、このまま頂いていこう。このまま森に放置するのは危険だもんな。

一度、親ドラゴンのところまで戻る。

キューが、俺の腕の中から下り、ペロペロとその顔を舐める。さっきまでのハシャぎっぷりはなりを潜め、物悲しそうな顔をしている。

死んだことは……理解してるんだよな。

俺とワルズさんは手を合わせ、ドラゴンの冥福を祈る。

「キューは俺が大事に育てるよ。安らかに眠ってください」

「キュア」

「よし、じゃあ行こうか」

俺たちは森を出て王都へ戻った。

ワルズさんはギルドまでついてくると言ったが、俺は悪いので入り口のところで別れた。もちろん報酬の半額も渡す。

「よろしいのですか？」

「色々お世話になりましたしね。もう俺、信じちゃってますからね」

「また会いに行きますよ」

「じゃあ、また」

「ピュイー！」

俺が手を振ると、真似して同じようにするキューがキュート過ぎる。キューキュー鳴くからこの名前にしたけど、キュートのキューでも合うな！

俺はギルドへ行くと、エリナにヒポープ草を提出した。

「は……？　もう見つけたのですか？　それに、その生物は……」

「森で運命の出会いを果たした翼トカゲです。つーか鑑定してもらっていいですよ」

「お待ちください」

エリナは室内にいた酔っ払いのオッサンを呼んでくると、草を鑑定させる。

おいおいこんな酔っ払いで大丈夫かよ。鼻の頭まで赤いんですけど。しかし能力をのぞくと、ちゃんと植物鑑定眼を得ているので一安心。

あと、いつの間にか周囲に人が集まってきた。そういや初任務は注目されるんだっけ。

「ほう、こりゃ間違いなく本物だ」

「そんな……じゃあ本当に半日足らずで見つけてきたのですか」

「マジかよオッサン……すげえな」

おや、誰かと思えば十二歳のアナド君じゃないですか。

彼女に振られたのが尾を引いてるのか、少し気力に乏しいな。まあもっと可愛い彼女見つければいいさ。まだ十二歳だし。

依頼は達成したので俺はエリナから報酬をもらう。二十万なので、かなり実入りはいいな。

俺の小遣いと比べると若干かすむが、自分の力で得た初収入は格別嬉しい。

帰り道、俺は初収入で家族に恩返しをしようと決めた。少々高めの湯飲みを三つ購入した。爺ちゃんは泊まりなので明日渡そう。

「キュキュキュ!キュキュキュー!」

「どしたー?」

急にキューが騒ぐので何かと思ったら、串焼き屋から流れてくる煙に興奮しているらしい。

「食べたいのか?」

「ピュ!」

「しょうがないな。可愛いから特別だぞ」

牛の肉の串焼きを一本ずつ買って仲良く食べる。キューは俺の食べ方を真似して、案外器用に食べた。

店のおばちゃんもビックリするほどだ。

「あらー、その翼トカゲ頭いいわねー。もう一本あげるわー」

「キュワワ〜〜」

心底嬉しそうな声をあげ、また美味しそうにキューは肉を食していく。

マリンが夕食を用意してくれているはずなので、この辺で切り上げて自宅へ帰る。

驚かそうと思って足音を殺してリビングのドアを少しだけ開け、中を覗く。マリンが、壁際に立って独り言を話している。

「お兄様、今夜は二人きりですねっ。なにか間違いが起きそうですねっ。…………いえ、これはちょっと明るすぎるし間違いなんて起きなそうです……」

何やってんのかな？　もうしばし観察。

「お兄様……今夜は……二人きりの晩ですね。お風呂から上がりましたら……私の背中をマッサージしていただけないでしょうか。部屋でお待ちしていますね」

今度は声のトーンがだいぶ落ち着いている。と、そこでキューが我慢できなくて鳴いてしまう。

「ハッ、誰かいるのですか⁉」

「あー邪魔してごめん」

「お兄様⁉　その生物はっ」

「うん、事情説明するよ」

本日の流れを説明すると、マリンはやはり驚愕していたな。ドラゴンがこの大陸に来るなんてまずないことだから。

「飼おうと思うんだけど、問題ないかな？」

「ええ、お兄様がそうしたいなら私は応援しますよ。おいで」

マリンにも無事懐いてくれたのは嬉しいな。爺ちゃんも別に翼トカゲとか苦手じゃないから大丈夫だろう。

「ところで、さっき何やってたの？」

「ウッ……それは、あの、そう、演技です。演技のお芝居を」

「何に必要なの？」

「ええと、それはあの――そうだ！　お兄様、重大な報告があるのです！」

何だ、露骨に話題そらししてきたな。

「お爺様の部屋まできてください」

一階にある爺ちゃんの部屋に移動する。

かなり広い部屋なのだが、俺はドアを開けた瞬間ひっくり返りそうになった。

――だって悪魔いるんだぜ！

「な、な、これ……」

「悪魔です。昼、お爺様と捉えたものです。ヘルセデスの時のように動けないようにしてますのでご安心ください」

お、本当だ。またあの短剣みたいなのが四つ刺さり、悪魔は身動き取れないらしい。見た目もヘルセデスに似てて全身黒い。

「許さんぞ……小娘……」

「さ、お兄様、この五月蠅い悪魔を」

「了解」

俺は前回、前々回と同じように眼に封印した。

〈魔力総量が増えました〉

『毒眼』の能力を得ました
『気絶眼』の能力を得ました
『身体強化眼』の能力を得ました
『発情眼』の能力を得ました
ちょまっ、何かコメントに困るのきちゃったんだけどー。

「どうです？　何かめぼしいものはありました？」

首を傾げてニコニコするマリンで、試してみたい気分に駆られちまった。

「覚えたんだけど、一つ試してもいい？」

「私にですか？」

「傷ついたりはしないはずだから」

「わかりました。ではいつでも、どうぞ」

【対象物を発情させることが可能です。対象相手や、どの程度魔力量を込めるかによって効果は変わります。また相手が自分に好意を抱いていれば、極端にかかりやすくなります】

今日は魔力をいっぱい使ったからな。

少し控えめな感じでいってみよう。

でもマリンは超強いし、あんま聞かないだろうな〜。

軽い気持ちで発動した瞬間、クラッとマリンが倒れそうになって焦る。

「お、おいっ」

「いえ、平気、です。ええ、平気、です」

明らかに顔赤いけど……。

眼がトロンとしている。

そしてジーッとこちらを熱い眼差しで見つめてくる。

堪らず、俺は下を向く。

やべえ、すんごい効いてない？

「何をなされました？」

「……体が熱くなる、的な」

「どうりで……あっ、ごめんなさい……」

もう立っていられないとばかりに俺にもたれかかってくる。呼吸がずいぶんと荒い。

効果覿面だけど、これはマリンだけ特別かかりやすいのだろうか？

あんまり魔力込めてないのに。

「キャオ？」

不思議そうにするキューにも使ってみた。

「キャアアン……キュウ……」

求愛行為みたいに、俺の足に抱きついてきてビビる。
この眼力——めちゃくちゃ強いな！

13話　身体能力アップ

朝の教室で、俺は椅子に座りながらボーッとする。

キューのやつ、ちゃんとお留守番できてるかね。部屋の中荒らさなきゃいいけど。

それはそうと、昨日の発情眼は凄かったな。あの後、マリンとキューのラブラブ攻撃がヤバすぎて、結局一時的に外へ避難したんだ。

クラスの女子に試してみたいぜ……さすがにそれはダメか……。

そこで、自分の能力を確認する。

昨日の悪魔を封印したことで魔力量が十五万近くにまで上がっているな。どんどん強くなる。俺も退魔師にでもなった方がいいか。

毒眼、気絶眼については、どちらも睡眠眼や麻痺眼と同じ系統のものだ。

正直、気絶は睡眠とダブってる感あるね。

で、一番の注目眼力は『身体強化眼』。

名前聞いただけでゾクゾクしてくるな。興奮していたら、いきなり非常事態が発生した。

あのいじめられっ子セシルちゃんが、レミラ達に連行されたのだ。くそ、まだ懲りてねえのか。

俺はバレないように後を追う。

屋上に出たようだ。重い鉄ドアを少しだけ開け、外の様子を確認する。セシルちゃんが悪女どもに囲まれている。しかもレミラに胸ぐらを掴み上げられてしまう。

「あんた、あのオッサンに助けてもらったからって調子のんじゃないわよ」

もう、本当いい加減にしろよな。

止めに入ろうとして、俺は焦る。屋上は土ないし……土操眼使えない。

状態異常眼に頼るか、身体強化眼を試してみるか……。後者にチャレンジしよう。

【眼力を使用して身体能力を大幅にアップさせます。自分にも他者にもかける事ができますが効果は十分ほどです。魔力を込めれば込めるほど、能力は上昇します】

五万くらい込めてみよう。やってみると体の奥底から活力がわいてくるのを感じる。

相当強くなってるんじゃないだろうか。

実際、重いと感じてた鉄のドアを非常に楽に開けられた。

「ゲッ……」

「レミラさん、全然懲りてないみたいですね」

「ストーカーかよ」

「そうなりますよ。おっさん、いじめっ子は嫌いなので」

レミラが仲間の三人に目配せする。なるほどね、昨日の反省をするくらいの頭はあるみたいだ。

今は槍を所持していないから、四人で一斉に攻めようという魂胆だろう。

「いくよ、あんたら！」

四人が足並みを揃えて俺に向かってくる。

選択間違えなくて良かった。一人ずつ状態異常眼かけてたら、残りのにボコられるとこだった。

「とう」

俺は思いきりジャンプする。レミラ達の頭上を越えられる感覚があったのだ。

実際、それは正しかった。

「なんですかこれはっ⁉」

「はあああ⁉」

「高っ！」

「っ⁉」

俺も驚くし、レミラ達もビビるし、セシルちゃんまでビクッと肩を跳ねさせている。

三メートル、いや四メートルくらいは跳躍したんじゃなかろうか。やたら長い滞空時間を経て、スタッとセシルちゃんの横に舞い降りる。

「ど、どうなってんのよ」

「ねえレミラ、あいつ色々ヤバくない……？」

「クッ、戻るよっ」

四人が屋上から退散しようとしたので、俺はグッと足に力を込めてからダッシュする。

「ハッ、きゃっ」

俺はレミラ達との距離を詰めた後、全力でぶん殴った。レミラを——じゃなくて鉄のドアを。重々しく、そして大きな音が響き、ドアがベッコリとへこんだ。

ガクブルしているレミラ達に対して、俺は堂々と言い放つ。

「次、セシルちゃんに手を出したら、このオヤジが黙ってませんよ。今の七倍の威力のパンチでその顔面をトマトグチャ状態にします。わかりましたね」

「なんなのよもうっ」

ヒステリック気味に叫び、レミラ達は屋上から去って行く。

俺は興奮と緊張から早鳴る鼓動を意識しながら、ヘコんだ鉄のドアを調べる。

「やべえ、これ弁償じゃやね……」

あいつら先生にチクんないといいんだけど。

不安がっていると背後に気配を感じる。セシルちゃんが立っていた。

「あの……また…………ありがとうございます」

「いいんですよ。困ったら、またいつでも俺を頼ってください。あいつらは人間のクズですからね。セシルちゃんは汚くもないし、むしろ清潔ですよ」

コクッとうなずいて口元を緩ませるセシルちゃん。惜しい！　絶対可愛いはずなのに前髪で顔が見えない！

「……セシルで、いいです。敬語もなくて、いいです」

「じゃあ僕も敬語無しで名前はタクトで……いやタッ君……やっぱタクちゃんで」

「わかった、タクちゃん」

タクちゃん、キターッ。女子から呼ばれてみたかったんだよな。

普通に呼ばれるより親しみがあっていい。

「そろそろ教室に戻らないとな。とこでセシル。一ついいかな」

「うん、いいよ」

「前髪、切った方がいいんじゃない？　髪型変えて顔出してこうよ。絶対可愛くなる。うん、間違いない。思い切ってイメチェンしてみたらいいよ」

「……考えてみるね」

普通に話してくれるようになったし、オッサンの学園生活にもだいぶ光が見えてきた。

昼休み、俺は隣席の巨漢生徒がリンゴ食おうとしてたので待ったをかける。

「何、これは僕のだよ」

「売ってくれません？　一万で」

「エッ……いいよ。はい」

「ありがとうございます」

金遣い荒い気もするけど、今日もギルドで稼ぐ予定だし。さてリンゴをもらった俺は、それを握力で潰そうとする。

ふぬぬ……はい、ダメでした。

元引きこもりの力なんてこんなものか。

そこで今度は肉体強化眼を使う。一万程度で、どの程度腕力が上がるか試したかったのだ。

ブシャッッ――とリンゴが簡単に潰れて汁が飛散した。

「すげ……おっさん、どんだけ握力あるの」

「腕相撲やってみません？」

巨漢でパワーがある生徒なので、これに勝てれば、一万でもだいぶ通用するはず。

「僕、腕力にも自信あるけどね」

と言っていた生徒に対し、俺はわずか二秒ほどで勝利を収めた。

「これは、使える」

一万でここまで強化されるのであれば、戦闘の幅はかなり広がってくる。

キューにも使えるだろうしな。

決めた。

今日はギルドで、魔物退治の依頼を取ろう。

14話　墓地で暴れよう

魔素感知眼で濃度が濃い場所を探し、休み時間はそこでしっかりと休む。

これのおかげで、放課後には魔力もだいぶ回復していた。マックスじゃないけど、十万以上はあるので少し安心する。

学校が終わると、俺は上々の気分でギルドの扉を開いた。

受付嬢エリナに何か魔物系の依頼はないか尋ねる。

「魔物討伐系はいっぱいありますよ。報酬は高い方がいいですか?」

当然、死亡リスクは上がるってことだ。

「悪魔関連はありますかね」

「……それ系はないですね。基本、退魔師が始末しますので」

「じゃあ、そこそこ強い魔物で」

「これなどいかがでしょう」

スカルソルジャーとかいう骨の魔物らしい。

「街から東の位置に墓地があるのはご存じですか?　今は訪れる人も少なく、放置されてるのですが、そのせいで魔物が住み着いてしまったのです」

「何体倒せばいいんですかね？」

「墓地にいる魔物全て、になります。その分報酬も高いです」

五十万、か……。確かに相当高いね。

若干の不安はあるけど、危険なら逃げてもいいとのことなので、これを受けることにした。

「確認したいんですけど、物理攻撃効きますよね？」

「ええ、もちろんです。生物と同じく弱点は頭です」

それさえわかれば安心だ。

俺は依頼を受けると、自宅へ戻る。

留守番しているはずのキューの元へ。

「おーいキュー、これから一緒に……あっれ、お前マジか……!?」

俺が驚いたのは、リビングにいたキューが歩いていなかったからだ。

無論、座ってもない、寝てもいない。

ごく自然に——飛んでいたのだ。

「飛べるようになったのか！」

「キュアーッ！」

「あはは、やめろって」

俺の胸に飛び込んでくると、犬みたいにペロペロと顔を舐めてくる。俺はね、女の子にそうされたいのよ？

それにしても、ドラゴンの成長は早い。

もしくは、元々飛べたのかな？

森にいた時は、食糧もなく弱ってた感じだった。

うちでちゃんとした物食べたから、元気出てきたのかもしれない。

「なあキュー。これから魔物退治いくけど、一緒にいかないか？」

「ピィッ」

「良かった、一人だと若干心細くて」

キューはまだ特殊な能力はないみたいだけど、何たってドラゴンだもんな。

飛べるなら、いざとなれば空に逃げられる。

準備を整え、一緒に墓地へと急ぐ。

目的のダイタラ墓地は平野の中にあった。墓地を守るように柵が設置されてあり、等間隔でいくつもの石碑が置かれている。

近くには管理人が住んでいたと思われる木造の小屋もあった。まだ使えそうな気はするけど、もう管理人はいないんだよな。

「オーピュ？」

「うん、魔物どこにいるんだろうな。キュー、ちょっと飛んで見回ること、できるか？」

「キュ」

キューは頭が良く、俺の意志をかなり読み取ってくれる。言語もだいぶ理解する。

「おっと、ちょい待ち。――身体強化眼」

感覚で一万ほど眼に魔力を込め、キューを見つめる。すぐに羽ばたきの力強さが増した。

「キュキュ～！」

「強くなった感じはあるかな？　じゃよろしくな～」

キューは元気よく返事をすると、上の方から魔物がいないかを探し始まった。

俺の方もボケッとしてるわけにゃいかない。墓地の中を歩きながら、敵を探す。

うーん、結構不気味だな……。

今は午後四時くらいで、十分明るい。でも若干の薄気味悪さは拭えない。地面の土をしっかりと踏みしめながら、俺は石碑の裏側とかも調べる。

「あっれー、どこにもいないじゃん」

どういうこっちゃ。俺が後頭部をかいていたら、ボコボコボコッといきなり足下から音がしてうおおお⁉

地面から生えた白い手が俺の足首を掴んでるってわけ！

「ホラーすぎだろぉ！」

俺は咄嗟に骨をつま先で蹴っ飛ばす。

固っ、全然離れる気配がない。

「ああそうだ、強化強化！」

身体強化眼――もう五万ほどいってしまおう。

自分にかけた後、再び全力で地面から生えた骨をキックする。

今度は破壊できた！

俺はすぐに場を脱出しようとするが、逃がさないとばかりにボコボコボコと地面から白い骸骨が登場する。

五体、も。

鑑定眼で調べる。スカルソルジャーで間違いない。特殊能力は『復元』とかいうもの。

これは五体とも覚えてるようだな。魔物の特徴だろう。

コキコキ、コキコキ、首を左右に傾けたかと思うとスカルソルジャーが俺に掴みかかってくる。蹴る。思い切り。

水平なキックをあばら骨に炸裂させる。

強化してあることもあり、豪快にぶっ壊れる骸骨。

うし、と安堵するや、時間を巻き戻したみたいに骨は元通りになる。これが『復元』ね。

今度は、弱点の頭を渾身の力でぶん殴る。

剛力に手甲の組み合わせはなかなか強烈で、頭蓋骨は砕け、首から離れて飛んでいく。

今度こそやったよな。

「おわっ⁉」

背後からのしかかれ、俺は地面にうつぶせ状態で倒れた。やだ、こいつら四体同時に攻めてきやがった。骨のくせに案外頭回る。

こいつらに状態異常眼とか効くのか？

そもそもこの状態だと、眼が合わせられない。焦る俺に福音が届く。

「キュピィアアアーッ!!」

ガラガラと骨達が崩れる。キューが高速で飛んできてソルジャーどもに体当たりをかましていくのだ。

体は小さくても竜の強健さがある上、強化されているからな。

「ナイス！」

俺はすぐにバラバラになった骨にトドメを刺す。下に転がる頭蓋骨に全力チョップを落とすだけの簡単な作業だ。放っておくとすぐに復活するからな、こいつら。

空を飛ぶキューを捕まえようと、ソルジャー達は細っこい手を伸ばす。

「こっち側、がら空きだぞ」

スカルソルジャーの側頭部に拳を叩き込んで始末していく。

勝負が決まるのは一瞬だった。

「助かったぞ、キュー」

「ウッキュ〜」

戦闘が終わると、俺はキューの頭をなでなでして思いっきり褒めてあげる。

今日は美味しい肉でも食わせてあげよっと。

「まだいるだろうから、日が暮れる前に仕事終わらせような」

俺は墓地内を余すところなく歩き回る。

奴ら、どこに隠れてるかわからないので。

登場パターンは一つで、全部土の中から登場するというものだった。

普段、土の中で生活してんのか？

ともあれ、倒し方はもう完璧。

墓地はそこまで広くないこともあり、時間はそれほどかからなかった。

十二体。これがこの墓地に潜んでいたスカルソルジャーの数だ。

「魔力もあんま残ってないし、帰りますか」

「キュン？」

「ん？」

キューが小屋を指さす。あそこは調べないの？　と。

「依頼の範囲じゃない気もするけど、一応行ってみるかね」

さすがに、あそこには魔物はいないだろう。

俺はキューを抱っこしながら、小屋へ足を向けた。

15話　生まれ変わったセシル

墓地のスカルソルジャーを始末した俺たち。

ほんわか気分で、小屋のドアを開ける。

念のため、スカルソルジャーがいないか警戒してね。だが、特にそういった様子はない。

室内には一応生活の跡があった。汚れてはいるがベッド、それに棚もある。棚には特に物もない。シケてますな。

「ぴゅあ」

「何かあったかー？」

キューがベッドの下に何か発見したらしい。調べると紙が一枚落ちている。いや隠してあるのか。

俺はそれを取って確認する。紙の質は良くないが、描かれているものはすごい。

「おおう、セクシーだな……」

色っぽいお姉さんがセクシーな格好で描かれていたのだ。ここに住んでたやつは、絵心があったのかもしれない。

「もらっとこ。よし帰るぞキュー」

小屋を後にして、俺たちは街のギルドへと戻った。

エリナに今回の件を伝えると、少々目を丸くしながらも対応してくれる。

「今日はもう暗いので、明日確認の者を送ることになると思います。魔物の殲滅が認められましたら、報酬をお支払いします」

「よろしく頼みますよ」

俺がキューを抱っこして踵をかえすと、彼女から声がかかる。

「——タクトさん。最近、活躍目覚ましいですね。何があったんですか？」

「特になにも。日々一生懸命生きてるだけですよ」

これは嘘じゃない。おっさん、ただでさえ人より遅れてるからさ。

しかしエリナのやつ、最初に比べると態度が丸くなってきたな。これはもしや……

「今度、俺と食事でも行きたいですか？」

「調子に乗らないでください」

ですよねー。わかってますって。

帰り、キューにご褒美の肉をたんまり買ってあげ、自宅に帰る。今日は爺ちゃんも帰ってきていた。昨晩、トメさんとのデートを満喫したとホクホクした顔で話してくれた。エロじいめ。

「お兄様、明日の放課後ってお時間あります？」

「空けることは全然できるけど」

「実は、とある館の方で悪魔の目撃が入ったのです。それで私達は退治にいくのですが、場所が少し遠いので連れて帰ってくることは難しいかもしれません」

「俺もついて行っていいってこと？」

「もちろんです！　危ない時は私達が守りますし、お兄様もすごく成長なさってますし」

「わしも、その邪眼の力を見てみたい」

ということで明日、俺は二人の仕事に同行することに決定した。キューも行くかと訊いたら、飛んで喜ぶ。

マリンと爺ちゃんがいれば、まず不安はないな。

でも多少の準備くらいはした方がいいか。明日お金も入るし、使えるアイテムを購入するのもアリだ。

次の日、俺は普通に登校して席に座る。槍使いレミラと目が合うと、すぐにそらしてきた。

いいね。俺に怯えてる感がある。以前は、授業中嫌がらせとかされたからな。俺にもセシルにも、二度とふざけたことはさせないぜ。

「な、なあ、誰だあれ……？」

なんだ？　教室が騒がしくなった。

生徒達の視線を追えば、理由はすぐにわかる。入り口に見慣れない美少女が立っていたのだ。

サラサラのブラウンヘアーを真ん中あたりから分け、つぶらで魅力手な綺麗な目が印象的な生徒。

雪みたいに肌も白くて綺麗だし、街にあんなのいたら三度見はしてしまうぞ。

そんな彼女がハニかんだような表情で、こちらを見つめている。誰だ？　どの生徒を見てるんだろう？

俺はキョロキョロする。近くにはロクなやつがいない。

もしや、俺ですか？　教室中の耳目を引いた彼女は、俺のところに来て恥ずかしげに言う。

「おはようタクちゃん」

オハヨウタクチャン。何かの呪文か？

んなわけあるかい。俺への挨拶だ。

そして俺のことをタクちゃんなんて呼んでくるのはこの世に一人だけ。

「セセセ、セシルなの？」

彼女は髪の毛を何度も触りながら、もじもじとしている。同時に教室がどよめく。セシルだと判明したからだ。男子も女子も等しく、目を満月みたいに開いている。ちょっとおもろい。

「い、言われたから、ちょっと変えてみたんだけど、どうかなあ？」

「どうも何も、とんでもなくいいい！　垢抜けたっていうか、前の地味な印象なんて一瞬で飛んだよ」


性格は控え目でも、容姿は華がある。ある意味最高の組み合わせじゃないか。

そしてまた、セシルがパァーと嬉しそうに笑うから俺の魂が惚れそう。

天使の生まれ変わりかな？

「ねえ、あれマジでセシルなの？」

「信じらんない、あいつあんな顔だったの……」

「おい聞いたか、あれセシルさんだってよ」

「おれ、惚れそうなんだが……」

そりゃそういう反応になるよ。女子はどこか嫉妬じみた視線をぶつけ、男子は完全に魅力的な異性を見る目になっている。

「お昼、一緒に食べようね。タクちゃんの分も作ってみたんだ」

「おおおおぉ、夢の女子からのお弁当！　このオッサン、ありがたく頂戴いたします」

俺が大仰に胸に手を添えると、セシルがまた微笑する。よく笑うようになったなー。

やっぱりイメチェンすると内面も変わるのかもしれない。セシルは席についてからも、ずっと注目されていた。本人は居心地悪そうだったけど、すぐに慣れるんじゃないかな。

無論、俺のセシルに手は出させん！　男子を監視しとかねば。

「皆さん見る目がないですよねえ。雑草じゃなくて綺麗な花だって見抜けないんですから」

俺はボソッとつぶやく。周囲の男女何人かが反応するけど、何かを言ってくることは今のところない。

ショックすぎて、あまり言葉が浮かばないらしい。

俺は、超ご機嫌に授業を受けるのだった。

16話　隠していた実力

とんでもなく可愛くなったセシルとお昼休みを過ごす。

机を合わせて、セシルが作ってくれた卵焼きや肉の入った弁当を食べる。みんなの注目を浴びながらね。

「タクちゃん……美味しい？」

「ああ、とても美味しいよ！」

まるで少年のように俺は答えてしまう。本当に料理上手だし、何よりこのシチュエーションが最高だよ。

「嬉しい。今日早く起きて作ったから」

「毎日でも食べたいくらいだ」

「じゃあ、毎日作ってくるね」

「本当にありがたい。……でも俺、明日から数日休むんだ。ちょっと人に言えない任務でね」

「危険な……任務？」

「まあ、ね。でも絶対帰ってくる、このお弁当を食べるために」

「……タクちゃんのこと、待ってるね」

あら、何だこれは？　恋人同士の会話みたいじゃないか。むふふと頬筋を緩める俺に、そうはさせんとばかりに刺客が送られてきてゲンナリする。

「オッサン、ちょっと付き合ってくれよ。セシルもだ」

ガルムは、俺が幸せなのが気に入らないらしい。仕方なく俺とセシルは立ち上がってガルムとその仲間達について行く。

以前なら恐ろしい相手ではあったが、今の俺には邪眼がある。

これの使い方次第では十分勝てる相手じゃないかと思う。

校庭の物置小屋の近くに移動してくれたのは不幸中の幸い。ここは以前、レミラと闘った場所で『土操眼』も十分使えるところだ。

「オッサンは、セシルと付き合ってんのか？」

ガルムと三人の仲間が、厳しい目つきで問う。

「いえ、まだ友達ですが」

そう、まだね。いつかお付き合いしたい気持ちはなくはないです。

「なら良かった。セシルは、オレがずっと狙ってたんだ。だからオレと付き合うことになる」

何言ってるのやら。昨日までは興味なかったクセにさ。

俺は、セシルはどうなの？　という視線を横に流す。

「……嫌……です」

「ぐっ。……オレの何が不満だってんだ。クラストップの実力がある。オレと付き合えば、セシルだって良い思いできるんだぜ」

「でも、嫌です」

俺はガッツポーズを取るのを我慢。平静な様子を装って言う。

「いいですかガルム君。人の心は物じゃありません。誰もが、地位や名誉や金だけで靡くわけではないんです。昨日まではゴミクズのように扱ってたのに、少し見た目が変わったら金品のように扱う。そういう態度に、惚れる女子はいませんよ」

「てめえ……」

青筋を立てるガルムに対し、俺は冷静にこの後の展開を予想する。

あいつは短気だし手段を問わない男だ。一対一なんてぬるい方法は取らず、多分手下と一斉に攻めてくるだろう。

まずは背の高い土壁を周囲に作ろう。そして、壁を登って上から攻撃しようとしてきた奴らを状態異常眼で仕留める。

魔力も十分あるし、いけるはずだ。

「……最後の警告だ。オッサン、お前は今後セシルに近づくな。セシル、お前は今日から俺の彼女になれ」

「またセシルのお弁当が食べたいので、断ります」

「彼女になんて……なりたくないです」

「よーくわかった。なら実力行使でいかせてもらうわ」

ほらきた。俺はセシルの前に手を伸ばす。

「下がっててください。俺が――」

「大丈夫だよタクちゃん」

えっ――ほんの一瞬でセシルの姿が消えた？　そうじゃない！　すごく素早い動作で、ガルムとの距離を詰めたんだ。

本当に、一度瞬きするかどうかの間に数メートルの距離をゼロにした。

「……エッ？」

いきなり眼前に迫るセシルに対し、ガルムは何もできなかった。腰の剣を抜くことすら。

服を掴まれると、背負うように投げられる。地面に強烈に叩きつけられ、息ができないのか口をパクパクしている。

驚愕する仲間三人も次々投げ飛ばされ、同じような状態に陥った。

「わたしは、友達を傷つける人を許せません」

普段は大人しいセシルだが、今は瞳に強い意思を宿らせている。

何でこんなに強いの？　俺は鑑定眼で能力を調べてみた。

『縮地』『風四撃』『暴風』の三つを習得してるらしい。これ、かなりの実力派なんじゃなかろうか。

何でこんな子が、いじめられてた？

ガルムも似た疑問を覚えたらしく、半分白目を剥きつつ訊く。

「何で、こんなに強いのに……実力、隠してた……」

「……争いごと嫌いです」

「穏やかで優しいからな、セシルは」

「闘える決意を持てたのは、タクちゃんのおかげだよ」

俺は後頭部をかいて照れつつも、しっかりとガルムに釘を刺しておく。

「もう俺たちに関わるのはやめてください。今後同じようなことがあったら、今度は俺の邪眼が火を噴きますよ。俺の目が魔力の流れだけを感知できると思ったら大間違いです。その辺はレミラさんにでも尋ねればわかるでしょう」

「……くっ」

まあ、ここまでされりゃ身に沁みたかな。

明日から俺はいないけど、セシルの強さならノープロブレムだろう。

教室に戻る途中、事情を尋ねてみる。

「何でそんなに強いの？」

「お父さんに、小さい頃から鍛えられてたの。でもわたし、人と闘うのは好きじゃないから」

「これからは自分の身を守るためには、その力を解放して欲しい」

「わたしと、タクちゃんのために使うね」

今のセリフ、心にきゅんときました！

◇

◆

◇

放課後、俺はまずギルドに寄る。

スカルソルジャーの殲滅が確認とれたというので、五十万の報酬を受け取る。

それを手に今度は道具屋に寄って、魔力回復系のアイテムを探す。

棚が何個もあり、そこに色んなアイテムが陳列された店内で、俺は鼻毛が四本も出た店主に話しかけられる。

「何かお探しアルか？」

「えーと、効果的に魔力回復できるのあります？」

「これなんかどうアルか。魔力水と言って、人の魔素を取り込む力をアップさせるアルよ。ただお値段が少々張るアルよ」

小瓶に入った薄水色の液体は、なんと一本で四十万もするらしい。でもぼったくりってわけでもないだろう。ここは結構繁盛している老舗店。

本でも魔力水は、ごく一部でしか取れない貴重な液体だと書いてあった。

「回復量、どの程度上がりますかね」

「三倍以上の速度で回復すると言われてるアル」

「じゃ、これを一本ください」

昨日の報酬がだいぶ消えるけど、悪魔を倒すためだ。マリンと爺ちゃんに迷惑ばかりかけられないからな。

「ありがとアルよ。また来てアルよ」

これを飲んで魔素の濃いとこに移動すれば、相当な魔力回復効果が期待できそうだな。

アルアル店主に礼を述べてから、俺は自宅へ急いだ。

17話 魔物に囲まれた！

今日は街を出て、悪魔のいる館に向かう予定だ。

数日の旅になると思うので、俺は急いで自宅に急ぐ。

すでに爺ちゃん、マリン、キューの準備は終了していた。

「お帰りなさいませ、お兄様。今日もお疲れ様です」

「体力は残っておるか？」

「キュピュー？」

三人とも、まず俺のことを気遣ってくれるなんて優しいなあ。こういうのがあるから、俺は引きこもりを脱出しようと思えたんだ。

「俺は大丈夫。体力も魔力もバッチリ。いつでもいけるよ」

「入り口に馬車を用意してあります、出発しましょう」

街の門を出たところに幌馬車が用意してあった。すでに御者も準備万端だ。

目的地までガタゴトと揺られながら進む。キューのやつはすぐに俺の膝を枕代わりにして寝ちゃったな。可愛いぜ。

ただ時折、大きめの石を踏むからか体が強めに跳ねる。尻痛くなりそう。

「平気ですか？」

「全然平気だな。マリンこそ、女の子なんだから無理するなよ」

「そう気遣ってもらえるだけで、マリンは幸せ者です」

「大げさだって。兄は妹の心配をするもんだし」

「……お兄様は昔からそうですよね。商館で絶望に満ちていた私を救ってくれた時から、何一つ変わらない優しさです」

マリンが絶賛してくれるので背中のあたりがムズムズしてくる。おい爺ちゃん、ニヤニヤせんといて！

でも、思い出すなあの日を――。

確かにマリンの目には生気がなく、表情もずっと変化がないような状態だった。

それでも美少女だとわかるのだから、相当なもんだよ。

「俺がダダこねまくったんだよなー。爺ちゃんも、よくポンと何億も出してくれたよ」

「わしは金持ちじゃからね」

「さす爺、一生ついていくよ」

「うんうん、お主らは血も繋がってないわけだし、別に結婚することもできるから。その時はわしは盛大に祝うつもり」

冗談でもやめてくれよー、と俺は笑い飛ばす。しかし、マリンが満更でもない様子でこちらに熱視線を送ってきた。

う、やだ……いっちゃう？　兄妹で夫婦とか許されるの？

でも俺にはセシルが……生まれ変わったセシルが……。

「お兄様って、今意中の人はいるのですか？」

「え、いや、でも最近仲良くなった子は」

「そうですよね。お兄様くらい魅力的ならば、それが当然です。むしろ恋人が複数人いるのが普通かと。うふふ」

何で嬉しそうにするのかわからん。

でも俺、マリンを妹にするとき、将来はお嫁さんにすることも計画に入れてたのは確かなんだよね。

血が繋がってないなら、借り物の兄妹だもの……とか軽く考えてた。

ガタンッ、とまた揺れが激しくなり俺は焦る。デカい石でも踏んだのかと思ったら、急停止する。さらに悲鳴にも似た御者の声が外から届く。

「バロンド様！　馬車が魔物に囲まれてしまっています！」

「なんじゃと……」

爺ちゃんがまず外に出る。

「お兄様はここでお待ちください」

「俺だって、何か手伝うよ」

「わかりました。では一緒に」

キューはまだ起きないので中におき、マリンと外に出る。

な、なるほど……こりゃまたヤバイ雰囲気に満ちていて少しビビる。

深緑の皮膚に覆われたトカゲ型二足歩行魔物——リザードマンってのに包囲されている。

十体はいて逃げ道はどこにもない。

俺の鑑定眼によると『巨大化』という能力を有している。でもあるのは三体だけだ。他のはまだ習得してないのかね。

こいつら幅広の大剣を装備していて、まるで人間の戦士みたいだ。

「変じゃな」

「そうですね。リザードマンGの生息地ではありません」

「それにあの武器」

爺ちゃんが変だと言う気持ちがよくわかる。まず、十体全てがちゃんと大剣を握っているんだ。お前らの世界に武器屋はないだろ、って話。

それに、仮に人間から奪ったにしても状態が良すぎるんだよな……。

リザードマンGはプレッシャーをかけるようにじりじり歩み寄ってくる。御者が馬車の中に逃げ込む。

狙いは……爺ちゃんとマリンか？　俺はなんか無視されてる感がある。

「ふー」

落ち着け。やるぞ。うん、やろう。魔力は十分あるが、何を使う？

まだ試してないので『毒眼』と『気絶眼』がある。これを試してみようか。マリンと爺ちゃんがいることだしチャレンジしてみよう。

【目が合った敵に全身症状（痛み、発熱、発汗など）を引き起こす毒を送り込みます】

これも状態異常眼なので、込める魔力量と距離が関係してくるんだよな。

俺を見ている一体に対して、試しに使ってみる。五メートルはあったので魔力は多めに調整した。

「ッギャ⁉」

急にぶっ倒れて一体が暴れ出すようにした。喉をかきむしるように苦しんでいる。

ほうほう、リザードマンGにも有効らしいな。しかしどういう仕組みで毒作ってんだよ。

相手の体内で発生させるんだろうか、恐ろしい眼力だよね。

致死量の毒かわからないけど、一体はしばらく戦闘不能だろう。今度は気絶眼を隣のリザードマンGに発動。

「……グエッ」

めまいが起きたみたいに、数歩下がるリザードマン。あれ？　完全には入らなかったのかも。魔力をもっと消費しないといけないってことだ。

「ギャイイイ！　ギャイイイ！」

危険と感じたのかリザードマンG達が喚き出す——直後、肉体がデカくなった個体が三体も。

あの『巨大化』を持つやつらだな。

体格が倍以上になったように感じる。背は馬車よりデカいし腕も脚も丸太みたいに太い。

ひい、あれ絶対強いだろ……とか思ったがマリンから発せられた『五雷玉』に感電して死亡する。

相変わらず強すぎ……。

「わしも頑張る」

爺ちゃんは爺ちゃんで何かおかしい。手先から相手の巨体を軽く飲み込むほどの火炎放射をするんだ。燃えすぎっ。

二人にかかると完全に雑魚扱いだ。

俺も手伝うため、身体強化眼を駆使して、さっき気絶眼が入りかけたやつに迫る。

こいつ、まだ若干フラフラしてるんだ。

「ギイッ！」

「シッ」

相手の剣より俺のこぶしの方が速い。頭部破壊成功。

「グエエ、グエエエ……」

うお、こいつまだ毒で苦しんでたのかい。

もちろん敵に容赦なんてしないので、俺は全力で蹴っ飛ばして倒した。

振り返ると、マリンと爺ちゃんが微笑ましい顔でこちらを見守っている。

「素晴らしい攻めでした！」

「最初の眼力、邪眼だろう？　あんなんわしでも喰らってまう。引きこもり時代が嘘のようじゃね〜」

「まあ、あれかな。人は成長を望む限り、成長し続けるんだ。つまり三十歳はまだ成長期ってことだ！」

なんかカッコいいこと言いたかったんです。

18話　不気味な館

リザードマンGを倒した俺は馬車に戻ろうとしたのだけど、爺ちゃんとマリンが用心深く周囲を確認している。

ああそうか、残党がいないか調べてるんだ。

なんか、あいつらおかしかったもんな。

俺は落ちている大剣を手に取り、調べてみる。

「これさ、人のを奪ったにしては綺麗すぎるよな？」

「そうなんです。それに、この辺りにリザードマンGは出現しません」

「つまり……人為的なものだったり？」

マリンと爺ちゃんは、目で意思疎通するようにしている。何か、隠していることがあるのは俺にもわかる。

「……タクトにも、話しておくべきか」

「私は、お兄様は極力巻き込みたくないのですが」

「しかし……」

「いいよ、話してくんないかな。俺も、二人に協力したい気持ちはあるし」

「わかりました。では全てお兄様にお話しします――」

マリンの口から出た内容を簡単にまとめるとこうだった。

二人は王に仕えながら退魔師をやっている、ここまでは俺も知っていた。

ただ悪魔を倒すだけが仕事じゃないらしい。

グリモワール教団という組織と闘っているらしい。この教団、かなり有名だ。神の教えを布教している団体で、町民から絶大な支持を得ている。

無料で人助けをしたりしてるおかげで、人々からの好感度はとても高い。

俺が初めて『プライベート鑑定眼』を使った時、何で二人とも教団が嫌いなのだろう？　と疑問を抱いた。

その理由は、こうだった。

「表向き、グリモワール教団は人道組織とされていますが、その裏では非常に悪辣な方法で世界を支配しようとしています。国家転覆を企て、この大陸の全てを乗っ取ろうとしているのです」

マジか、小説とかでよく出てくる悪役をまんま抜き出したような奴らじゃん……。

でもなかなか決定的な証拠は出さないらしい。しかも戦力もあるので、王も武力行使に移ることができないでいる。

「彼らは魔人を生み出し、それを兵器として利用することを計画してるみたいですね」

魔人は、魔素が非常に強い場所で魔力を空にすると誕生するといわれる。

理性は失われるが、そこらの魔物とは比較にならない力がある。

「それで、今回のはそいつらが？」

「私とお爺様が、あの教団について調べているのにあちらも気づき、仕掛けてきたのでしょう」

完全に殺しにきてたよね、さっき。

つーことは、今後は俺も狙われる可能性があるわけだ……嘘、少し怖いな……。

「ご迷惑おかけして、すみません」

「すまんのう、タクト」

「いいや、何の問題もないって。っていうか俺も一緒に戦おうかなあ」

「……よろしいのですか？」

「そんな話聞いて、さすがにスルーはできないし。それに俺にとって一番大事なのは家族だから。その敵であれば、俺の敵でもある」

「お兄様……だから大好きです！」

「わしも！　感動で泣きそう！」

「おいおい爺ちゃんもマリンもいっぺんに抱きつくなって⁉」

本当困るよ。俺なんかに密着して、昨日風呂入ってないんだから。

とりあえず、家族の絆を強固なものにするため三人で円陣を組んでエイエイオーとやった。

「キュー」

「あ、今頃起きた」

馬車からキューも出てきて元気に飛び回る。こらこら、死体に体当たりしないの。

汚いのよそれ。大剣売れそうだし鹵獲しようかと考えたけど、邪魔になりそうなので今回はスルーしておく。

馬車に戻り、再び目的の館を目指す。

俺は馬車内でキューを撫でつつ、とある決意をしていた。

もっと強くなりたい。いや強くなる。そのために悪魔をいっぱい封印せねば。

幸い、マリン達には悪魔の情報などは頻繁に入る。ヘルセデスみたいな凶悪なのは滅多にいないが、森にいたオリオンくらいのは結構いるようだ。

夜を挟み、馬車に長く揺られ続ける。

マリンとしりとりで遊んでたら、ようやく目的地に到着した。

周囲には何もなく、すぐ近くに海が見える。大地にはうっすらと緑の草が生えてるけど村や町などは周囲にない。

どこか寂しい雰囲気な場所の、切り立った崖の上に大きな館が建てられていた。

俺たちは馬車と御者を少し離れたとこに待機させ、三人とキューでそこに向かう。

「よくあんなとこ住めるな。崖崩れたら家ごと海にボチャンだよね」

「元々お金持ちの別荘だったみたいです。そこを悪魔が襲って乗っ取ったのでしょうね」

「そのお金持ちは……？」

「安否は不明なのです」

マリンの仲間には、条件を満たすと悪魔の存在を感じとれる能力を持つ退魔師がいる。

その上、この付近を通りかかった馬車が、夜に魔物を襲う化け物を見たと情報が入った。

そいつは人型だけど翼が生えていて、魔物の血を吸っていたとか。吸血鬼かよ。

「幸い、その人達は襲われませんでしたが、少し問題が発生しまして」

「というと？」

「実は私たちの前に、すでに二人組の退魔師が送られています。ところが戻ってこないのです」

マリンの仲間だから口にしないけど、殺られちゃったのだろうか？

館の前に到着する。俺たちは相談を始める。

「正面突破でいくかの？」

「私はそれで問題ないと思います」

「俺も大丈夫、だと思う」

「キュー！」

一応、『肉体強化眼』で俺とキューを強くしておく。合わせて六万ほど魔力を消費した。まだ十万近くあるので、余裕はある。

アイテムもあるしな。

「では、みなさん行きましょう」

「おー、いこう！」

俺達が館に乗り込もうとした瞬間、高そうな扉が自動で開いて面食らう。

やや、違うぞ、中から誰かが開けたのだ。

メイド服を着た若い女性。まあまあ顔は可愛いんだけど——なんか皮膚がやけに青白い。

「お待ちしておりました。退魔師の方ですね？」

身構える俺たちだが、特に攻撃してくる様子などはない。あくまで、問いかけをしているだけ。

「そう、ですけれど」

マリンが切れ切れに発すると、メイドは大胆にも俺たちに背中を見せる。

「どうぞ、こちらへ。館の主がお待ちしております」

何かの罠？　それにしては相手に毒気がなさ過ぎる。

「マリン、爺ちゃん、キュー、行ってみよう」

みんなうなずいたので、俺はおもむろに館の中へ足を踏み入れた。

19話　吸血悪魔とご対面

館の前まで来て、さあ悪魔を倒すぞ！

そう気合い入れたとこで、中からメイドが出てきた。

入れっていうので、俺たちは中にお邪魔する。

真っ赤な絨毯が敷かれた廊下を進んでいく。相変わらずメイドは背中がガラ空きだ。隣のマリンと小声で話してみる。

「何が狙いだと思う？」

「わかりません。油断させて討つ……という感じでしょうか」

一度気を緩ませてから襲うってことか。俺なんかにはめちゃ効果ありそうだな。

俺たちが案内されたのはながーいテーブルがある広間だった。壁際には大窓が一定間隔である。

燭台や豪華な料理が置かれてあり、部屋の奥には茶色の髭を生やした四十くらいの男が座っていた。

なかなか風格があって、顔も渋い感じのイケメンだった。高そうな服を着ているが翼は確認できないな。

あいつが悪魔なのかな？

「アロード様、お連れ致しました」

「ご苦労」

重厚感のある低音ボイスで告げると、アロードってのは前掛けで口を拭く。それからバッとそれを豪快に投げる。……捨てるのかい。

拾うメイドに同情したのは俺だけ？

「キュウン……」

良かった、キューもだった。あいつ最悪だよなー、と目で語り合う。

「私に敵意むき出しのその眼光、退魔師で間違いなさそうだ」

「その通りです。悪魔に名乗る名などありませんが」

「おや、これは強気なお嬢様だ。退魔師はそうでなくては務まらないのだろうがね。フフ」

「私たちの前に、二人組が来たはずです」

「もちろん、知っているとも。あの男女のことだろう？」

「……今、どこにいるのです？」

「知りたくば、まずは私の話を聞きなさい。食事も用意したんだ。せめて座ってくれないと話す気もなくなるよ」

着座しないと、あいつは話を進めなそうだ。特に椅子に仕掛けとかもなさそうなため、一応俺たちも言われたままに。

並べられているご飯が美味そうで困る。七面鳥とか、すごく食べたい。

「毒などない、ぜひ食べてくれたまえ」

「ぴゅう」

「お、おいキュー」

「(むしゃむしゃ)」

お前食っちゃうのかよ……。ドラゴンだし、多少のもんは大丈夫そうだけどさ。

俺も食いたいけど、胃腸がそこまで強くないので念のため控えておこう。

「私が君らをここに呼んだのは、交渉したいからだ。率直にいって——私のことを見逃してくれないか?」

何を血迷ったことを、と爺ちゃんとマリンがまるで相手にしない表情をする。俺はパーソナル鑑定眼で、さりげなく相手の情報を得る。

名前：アロード・ストマトス・ゴーン
年齢：180
性別：悪魔(男)
能力：吸血鑑定眼　吸血意操　吸血強化　状態異常耐性　十字風斬　荒土

ハ？　こいつも邪眼持っているのか？　や、鑑定眼だけだな……。しかも『吸血鑑定眼』といかにも怪しげなものだ。

他にも風と土系の技があるようだ。退魔師を返り討ちにしてるのだろうし、絶対強いな。しかも『吸血意操』ってのあるところを見るに、吸った相手を操れる……命令できるってことかな。

だとすると、退魔師は生きてる可能性もある？

メイドも合わせると最低四人が敵になるのかも。

ここは温存しないで、俺は魔力回復薬を飲むことにした。

これで魔素回復速度が跳ね上がる。

我慢できないほどじゃないが、薬は結構苦かった。

「……私は、できることなら争いはしたくないのだよ。悪魔ではあるが、人類の不幸など願ってはいない。ここで、数人の従者たちと幸せに過ごしたい。それが、願いでね」

「そちらのメイドさんとかの？」

「そういうことだよ御仁」

「顔色が悪いようじゃが」

「私が吸血している。その際に、私の体液を混ぜているのだ。だが誤解しないで欲しい、それによって彼女は生命を留めている」

そこで主人を助けるかのように、メイドの彼女は発言する。

「私は元々立てないほどの重病でした。生い先も短かったところを、アロード様に助けていただいたのです。吸血されていなければ、今頃死んでいます」

名前：レイミ・ロント
年齢：22
性別：人間（女）
能力：裁縫

普通の女性で間違いない。
さあ、アロードの方だが、急に顔を手で覆い出して泣き出す。
「頼む……私は悪魔だが、人間のことを好いている。彼女たちと共にここで静かに暮らしたいだけなんだ」
プライベード鑑定眼、発動。
好きな物事……吸血行為、人間狩り
嫌いな物事……血のまずいやつ
交際経験……1人
想い人の有無……無
はい今年一番の大嘘入りましたー。

「嘘つくのはやめろ、お前趣味が人間狩りじゃないか！」

そりゃ叫ばずにはいられない。何ガンつけてんだ。怖くないぞ、俺は全然やる気だし……やっぱちょっとだけ怖いかも。

「何の話、だろうか？」

「とぼけても無駄ですよ。お兄様の眼力の前では、貴方の低俗な演技など通用しません」

そうだぞ、この悪党め。とタンカ切ろうとしたら、急にアロードのやつが暴れ出す。テーブルに拳を叩き落として、派手にぶっ壊したのだ。ヒステリック持ちか、百八十歳なのに……。

「本性を表しおったか、このクソ悪魔め」

「悪魔ごときが私たちを欺こうとは笑止ですね」

爺ちゃんとマリンって、心底悪魔嫌いなんだな。

抹殺する気マンマンだ。

「タクト、あっちのレディは人間かの？」

「あの人は人間だよ。能力を見るに、アロードは吸血した相手を操れるのかもしれない」

「では一気に叩き潰す」

「そう簡単に事は運ばせないのだよ！　出てこい」

奥のドアが開いて、何人もの人間たちがゾロゾロと入ってくる。五、六、七……手下こんなにいるのか。

「ヨルン、シオーネ⁉」

「誰なんだ？」

「あれが、件の退魔師です」

二十歳くらいのまだ若い男女だ。顔の青白さからするに、アロードの奸計にハメられ噛まれたのだろうか。

女性の方がマリンに親しげに話しかける。

「久しぶりね。元気だった？」

「何をやっているのですか、敵はそこですよ」

「待ってマリン。アロード様はその辺の悪魔とは違うわ。とても、とても崇高なお方なの！」

「その通りだ、レイミこちらへ」

「はい」

アロードはさっきのメイドを手元に引き寄せるようにして、カプッと首元を噛んだ。

あれが吸血か。ある意味盾にしている状態なので、マリンや爺ちゃんも手が出せない。

「フハハハハハ！　漲ってきたぞ、お前たちにあの小娘とジジイを任せた。私は……」

背中が膨らんだかと思うや服が破け、悪魔特有の漆黒の両翼が生えだした。

「私は彼をいただくとしよう！」

長いテーブルの上を滑るように飛行して、アロードがこちらに迫ってくる。

「俺が狙いか⁉」

さっか悪口言ったこと根に持ってるのか、こいつ！

「そうはさせ……なっ⁉」

「むっ⁉」

俺を助けようとしたマリンと爺ちゃんの行動が阻害される、透明な壁っぽいものが俺との間に生じたのだ。あれは退魔師の技らしい。

「フハハハッ」

「キュッッピ！！」

「どけ翼トカゲがっ」

「キャウ⁉」

俺を守ろうとしたキューが腕で薙ぎ払われ、そのまま壁に吹き飛ばされる。

「お前、ふざけてんじゃゃ——うおおおおっ⁉」

アロードは一切スピードを緩めることなく接近して、その体を掴んで飛行を続ける。まるで鷹とかが獲物捕まえて、そのまま飛び去るような感じだ。

バリン、とガラスを突き破り俺を携えたまま外へ出る。

「お兄様ァアーーーッ！」

マリンの切実な声が遠のいていく。

「愛されてるのだな」

「は、離せっ」

「離していいのかな？」

言われてみれば、今離されたら高所から地面にアタックすることになっちまう。非常にマズい、これはどうしたものか。

俺はそれほど優秀ではない頭を必死に働かせる。

何の眼力をこいつに叩き込むべきか――。

20話　吸血悪魔戦

夕暮れ時の空を飛ぶ。

吸血悪魔アロードに抱っこされながら……。

男と密着空の旅行なんて迷惑きわまりない。

「大人しくしたまえ」

こっちが身動き取れないのをいいことに、こいつ俺を吸血しようとしてくる。

異常に尖った八重歯を俺の首元に当てようとしたので、腹にボディブローを入れてやった。

「ばかかっ……」

「うるさい、お前の手下になるくらいなら、落っこちた方がマシだ！」

そう咳呵を切りながら俺は落下していく。

肉体強化はしてある。きっと、耐えられるよな？

俺は落下しながら『土操眼』で、自分の落下地点の地面の土を盛り上げ高くしていく。

少しでも高い位置で当たった方が、衝撃は少なくて済むんじゃないかと思ったのだ。

「がふっ……！」

着地成功……成功、なのかこれ。全身がバラバラになるんじゃないかって衝撃が走る。

ただ、少しすると体の自由が戻る。

館に入る前、身体強化しておいて本当に正解だった。

この場所は城から数百メートル離れた平地だな。見晴らしはよく、周囲に手下が潜んでいる気配もない。

敵さんは俺の拳が効いてるらしい。ヨロヨロとブレながら飛行しつつ地面に着地した。

「……一歩間違えば、死んでいたのだぞ」

「全く、賢い行為じゃないよな。でもお前に吸血されて、手下になるのだけはごめんだ」

こいつの能力『吸血意操』は、吸血した相手を操れるに違いない。あの退魔師たちが語っている。

さてアロードだが、すぐには戦闘開始しない。

肉体の回復を待ってるな。俺も同じなので会話を繋ぐ。

「何で、俺を狙った？」

「君が一番美味しいからだ。私ほどにもなると、吸血するとどの程度力が入るかわかるのだよ」

鑑定眼あったがアレか。

こいつの能力を整理する。

吸血鑑定眼、吸血意操、吸血強化、状態異常耐性、十字風斬、荒土
状態異常耐性があるのは厳しいな。

素の状態では、麻痺眼や毒眼が入りにくいかも。入るにしても相当魔力を込めて近づかなきゃ。

一か八かの賭け。しかも分が悪い。それで攻めるのは無しだ。

あとは『吸血強化』も気になる。さっきメイドの血を吸ってたし、相手も強くなっていると見た方がいいな。

「まず俺を吸血して、それからマリンと爺ちゃんをやるつもりか」

「意外と頭が回るな」

「意外とは余計だろ」

「これは失礼、一番の獲物にいう言葉ではなかったかな」

俺がマリンや爺ちゃんより、あいつにとって美味しいってのは不思議だ。

多分、悪魔を何体も封印しているからだろう。

「ふむ、もう体は問題ない」

「いつでも、かかってこい」

そう言うしかない。今更逃げ道なんてない。

相手には翼があるしな。

覚悟を決め、俺は堂々と向き合う。

あいつ、意外にも翼は使わないらしい。

アロードは両腕を上げ、ゆらゆらと文字でも描くように動かしてから、突然それをクロスさせた。

嫌な予感がして、それは当たる。

風の十字型魔法攻撃だったので俺は前方に大きめの土壁を作って、それを防いだ。

「土を操れるのは君だけではないのだよ」

「ッ……!?」

足場が突然盛り上がったりして、ボコボコの段差が生じる。これが『荒土』か……。

不安定極まりない状態に俺はしゃがんで身を安定させる。それが狙いらしい。

ヒュッ、と影が目の前にできる。見上げると、上空より「キエエエエエ！」とか奇声を発しながら鉄拳を落としてくるサイコ野郎がいた。

「ひえええー」

奇声に対抗するわけじゃないけど、俺は必死の思いで前転を試みる。

視界がまだ回ってる途中、地面を穿つような轟音が響いてきて焦ったが、どうにか即死級の一発を避けられたらしい。

体勢を戻して身構える。

「ちょこざいな……」

「はあはあ、そう簡単にやられてたまるかアホンダラッ」

睨みつけつつ、相手の魔力量を鑑定する。

総量が七万八千で、残りが五万二千とわかった。


そうか、こいつの風と土の魔法は相当に魔力を消費するみたいだ。

であれば、短期戦になるかもな。

今の俺は魔力回復の薬が効いていて、しかもここは魔素がそこそこ濃い。まだ魔力も十分あるので『身体強化眼』をもう一度使う。

残魔力の八割くらい、注ぎ込むイメージだ。

すっげーぞ、これ！

肉体の芯からパワーが湧いてくる感覚が半端じゃない。

魔法攻撃はもう止めるのか、低空飛行で攻めてきてはボディブローを放ってくるアロード。

「当たるかよ」

邪眼で動体視力は相当強化されている。それに体がちゃんと付いていきてくれるのは嬉しい。

「フッ、フッ、ハッ！　フッ、フッ、ハアッ！」

怒濤のラッシュを一つ残らず、無にしてやる。相手が息切れしたところで、肩口にミドルキックを炸裂させる。

メキメキ、と骨が軋み、アロードの顔面が激しく歪む。そして何メートルも横に吹っ飛んでくれた。

「がが、なんだとォォ……」

「どんだけ強化されてんだよ俺の体……おっと、追い打ちかけねば」

韋駄天走りで接近、ブォオオと風を唸らせ蹴りを放つ。相手も死ぬ気で上方に逃げ、空振りに終わる。くっそー、今の入れば決まってたのに。

「これ、なら、どうだアア！」

恐れてた戦法をとられる。あいつは上空から『十字風斬』を撃ってきたのだ。

俺は飛べない。

よって、あいつは一方的に攻めることができるのだ。

とはいえ、今の俺なら簡単には当たらない。

暴れ狂った風から逃げつつ、石を拾っては投げつけて反撃する。

しばらく、そんな攻防が続いた。

相手の体力が明らかに落ちてきた。加えて、魔力も残り数千まで減っているじゃないか。

「クゥ……仕方あるまい……」

アロードが体を向けた先は――城だ。

あっちに戻って、誰かを吸血する気だな。

「そうはさせるかっ」

「しつこいぞ人間！」

「それが取り柄なもんでな」

俺は地上を、やつは空を、急ぐ。

先にどっちが城に着くかの競争というわけだ。

そう思ってたら、唐突にアロードが悲鳴を上げて落下してくる。

「あぁぁあぁぁああぁぁあ～～」

「キュイイイイ」

「来てくれたのか、キュー！」

そう、なんとキューが助けにやってきて、アロードの背中に全力でアタックしたのだ。

ナイスすぎるぜ。

このチャンス、絶対に逃してなるものか。

俺は落ちてきたアロードの体を、渾身の力で蹴り上げた。まさに、空に再び打ち上げるようなカタチになる。

グエエと漏らしながら天に昇っていくアロードに対し、キューがもう一度上から体当たりをかける。

また落下してきたそれを、俺が球でも蹴るかのごとくジャストミートキック！

地面と水平に飛んでいくアロードを追う。

ゴロゴロ転がってようやく止まったところに、間髪入れず鉄拳を叩き入れた。

もう悲鳴も上げられないようだ。

眼球が飛び出しそうな勢いで、目を見開いている。
勝負は完全についた。
グッタリしたアロードには、もう喋る気力すらない。
これ、このまま封印いけるよな？
この状態なら間違いないだろうと、俺はアロードに触れて封印魔法を発動した。
「封ＩＮ——眼」
無事、成功してホッとする。
同時に文字案内が獲得した力を教えてくれた。
〈魔力総量が増えました〉
『透視』の能力を得ました
『暗視』の能力を得ました
『氷結眼』の能力を得ました
『破裂眼』の能力を得ました
『速度測定眼』の能力を得ました
ワクワクする能力がいっぱいあるんですけど。
「カモン、キュー」
「ピュイ〜」
戦闘モードを解いたキューは、泳ぐように飛行して俺の胸に飛び込んでくる。

頭なでなで、背中なでなで、尻尾なでなでもしていく。

「続きは後でな。まずは城に急ごう」

体力疲れは当然あるが、俺はテンションの高さと気力で乗り切ることにした。

21話　帰還

吸血悪魔アロードを倒した俺は、すぐにキューと城の中に戻る。

マリンや爺ちゃんのことだから、酷いことにはなってないはず。そうは思っても、やっぱり家族だから心配なわけで……。

さっきの広間まで戻り、俺は安堵の息をつく。

二人はピンピンした様子だし、敵は全員倒れていたからだ。まあ敵って言っても、退魔師とメイドなんだけどね。

「お兄様、無事だったのですね！」

「あいつは、どうにか倒したよ」

「かなり強い相手でしたのに……素晴らしいです」

「タクトも成長したのう。わしも鼻が高い」

「いやーもっと褒められると気持ちいいぜ……ってそうじゃなくて、あれはどういう状態？」

倒れている人たちを俺は指さす。

「安心せーい。あれは気絶させとるだけじゃよ」

「ですが、まだ操られてるようでしたら対策を考えなければなりません」

どうなんだろうな。

操ってる張本人は倒したわけだし、大丈夫な気はするけど。

マリンが、退魔師の一人の頬を軽く叩く。

「……ン。あ、れ。私、一体」

「マリンです。貴方の名前と職業を告げ、ここまでの記憶を話してください」

退魔師は、操られていた時の記憶はほとんど消失しているようだった。

もう一人も起こして事のあらましを伝えると、両者とも酷く落ち込んでいた。

憎むべき相手を愛してちゃってたんだものな。女性の屈辱に満ちた顔が印象的だった。

若干興奮してしまったのは墓まで持って行こう。

館には、メイド以外にも操られていたのがいっぱいいた。女が多かった。あのエロ吸血鬼め。

数が多いので、ひとまずここに残して、町に戻ってから救援の人をよこすことになった。

退魔師二人も護衛の役目も兼ね、館に戻る。

俺たちは馬車に乗り込み、町に帰還することとなった。

帰りの馬車の中、暇だし覚えた眼力のいくつかを試しておくことにした。

『暗視』は名の通り暗闇の中でも目が利くようになるもの。

『氷結眼』は、見た場所を凍らせることができる。強い。

『破裂眼』は、物を破壊できる。ただし、今の俺では何でもかんでも破壊するのは難しいだろう。魔力消費も激しい。

『速度測定眼』も名の通りだ。時速などを確認できる。投擲された石が百キロ出ている、などそういったものだ。

そして『透視』。こいつがヤバかったぜ。名前から危ない名前はプンプンしてたが、それを裏切らない内容となっておりました。

「のうタクト、お主も、もう相当に強い。わしらと一緒に仕事をしたりせんか？」

「……グリモワール教団のこともあります。お兄様には気苦労が多くなってしましますが」

俺は返事をしなかった。

いや出来なかった。

透視によって、二人の服が透けていたからだ！
マ、マジか……。いいのか、これは。
魔力量の消費は大したことがない。そしてある程度、透かす程度を変えられるらしい。

下着を見ることもできる。その中ももちろん……。

「顔を真っ赤にして、どうしましたお兄様？」

「や、や、ごめん。何でも、ない。ええと、何の話だっけ？」

「今後も悪魔退治をしていきませんか、という話でした」

「そういうこと。俺は眼も強化できるし、悪くない話だよ」

俺も教団を完全に敵に回すことになるだろうけど、国家転覆を狙う奴らだもんな。

元々仲間にはなれないだろう。

何よりマリンと爺ちゃんの命を狙うクソ野郎どもだ。

「もしかすると、今後は町中などでも狙われることがあるかもしれません」

「気をつけるよ」

「キューアー」

キューも味方してくれるし、何とかなるんじゃないかな。

◇　◆　◇

帰ってきてグッスリ一晩寝たら、また学校だ。

普通なら憂鬱なんだけど、セシルたんが待ってるから！

……うん気持ち悪い。三十歳のノリじゃないよ。

家族での朝食を終え、キューとしばらくじゃれあってから、俺はパン一枚口にくわえて外に出た。

仕事場にいく大人や俺のような学生で朝の道は混雑する。うへーとダウナーな気持ちに襲われつつ、俺は頑張って通学する。

「……あれ」

前方に、見覚えのある後ろ姿を発見する。

セシルだ。俺は人をかき分けるようにして彼女を追いかけるが、途中で足を止める。

なぜかセシルは横道に入っていったのだ。学校への道じゃない。近道でもないのに、どういうことだ？

しかも治安が悪いところに通じるところだったので俺は心配になってすぐに追う。

と、そこでセシルと俺の間にいた男が一人、横道に入っていく。建物と建物の間に俺も行くと、奥で戸惑う男の姿があった。

誰か……セシルを探してるのか。

つか、本当どこにいったんだ？

両側に背の高い建物があり、長い一本道があるだけで隠れるところもない。

ともあれ、この男は方向がダブっただけじゃないっぽいぞ。

プライベート鑑定眼による、男の情報。大事なのはこの二つ。

好きな物事……暗殺

嫌いな物事……暗殺失敗

どう考えても頭ヤバイ奴じゃないか。

日の届かない薄暗い路地に入ると俺は後方から透視を使う。やっぱりな、シャツで隠してるけど腰にナイフを何本もセットしてやがる。

ギロッ、と男の鋭い眼光が俺を捉える。

「何を、見ている」

低音ボイスで、おもむろにこちらに寄ってくる。

能力も素早く調べる。

名前：ゴールム・ドロワ
年齢：33
性別：人間男
能力：首切り（短剣）抜き足

ナイフとかで首元を切るのが巧みってことか。抜き足と組み合わせて暗殺を実行してきたのだと容易に想像できる。

そしてこんな奴がセシルを尾行していた……。

嫌な予感がするけど、今は保身を考えなきゃな。

魔力を惜しまず、俺は身体強化をする。

「なあ、あんたに一つ聞きたいことがあるんだ」

男はそう言ってこっちの気を引きつつ、でも手はしっかりと背後に回している。

こんな、大通りの近くで人殺しするつもりなのかよ。

頭イカれてるぜ。

俺は惜しみなく魔力消費して身体強化を自分にかける。

ダダッ――と男と俺のダッシュが重なる。

相手が手を振り上げようとしたところを、冷静に俺は掴む。両腕を握ると、あいつは振りほどこうとするが、俺の方が腕力が上だった。

「この……バカ力が……」

「何で彼女を追っていた？　言わないと」

握力を増してやると男が苦しみの悲鳴を上げる。

「わ、わかった、話す。話すから」

「妙な動きしないで、そのまま言え」

「ナ、ナンパをしたかったんだ。可愛くてタイプだったから。俺は大人だけど、学生が好きなんだ」

また、見え透いた嘘を……。そんな目じゃなかったろうが。

こいつにはキツい仕置きが必要だと股間蹴りしようとして、男が白目を剥いた。

突如空から降ってきた何かに首裏を攻撃されたのだ。

ぶっ倒れた男の後ろにいたのは、セシルだった。

建物の上から、手刀を決めちゃったらしい。

すごい着地力&命中力ね……。

「タクちゃん……どうして」

「いやーセシルを見かけてきたらこいつがいてさ。……狙われてた？」

知っていたはず。だから身を隠したんだし。

「この人、多分暗殺者だと思う」

「俺の眼によると、それは間違いない。セシルを殺そうとしてたわけか？」

「多分、殺すつもりはなくて、人質にしたかったのかも」

男が学生好きだって話、あれは本当だったのか？

なぜ人攫いをしようとしたか知っているかと訊く。

セシルは小さく頷いた。そういや、セシルを鍛えたのは父親なんだっけ。そこからも相当な実力者だと想像がつく。

「この男の組織って、何ていうんだ？」

「……グリモワール教団、だよ」

また、その名かよ。

俺の家族のみならず、友達にまでちょっかい出してくるとはなあ。

そうなると、俺の人生にも大きく関わってくるだろう。

闘争心が高まった。

22話　特別授業で問題発生

グリモワール教団はカリスマ的指導者のケイヒという男を中心に、街でも日に日に存在感を大きくしている組織だ。

全ての人に幸せを、がキャッチフレーズで信者もうなぎ登りだとか何とか。

表向きは善人の集まりみたいな評価だけど、実態はクソみたいな奴らだということだ。マリンや爺ちゃん達の敵でもあるし、殺しのプロまで雇ってセシルを誘拐しようとした。

俺はノビている暗殺者を担いで、街の中にいた衛兵に引き渡す。

「衛兵さん！　こいつ、いきなり殺しかかってきたんです。運良く返り討ちにしたんですけど、余罪あるかもしれません、よろしくお願いしますー」

「わ、わかった。報告ご苦労」

キツい取り調べにあうことは間違いないだろう。俺とセシルはスッキリした気分で学校へ向かう。

ふと気になって学生たちの趣味を鑑定したところ、好きな人に『ケイヒ』という名前が結構あって驚く。

これは教団のトップの名前だ。そして男子より女子が圧倒的に多いことから、イケメンなのではないかと思う。

教室内で耳を澄ませば、普通に会話に登場したりする。

「昨日、ケイヒ様をお見かけしたの！　いつ見ても格好良くて気分が上がるよねー」

「わかる、凜々しさの中にも優しさが含まれてるんだよね。あの蒼眼で見つめられたら……死んでもいい」

キャーキャーと盛り上がる二人の女子に対し、あまり興味なさげなもう一人が言う。

「でもケイヒ様って意外と年上じゃないっけ？」

「今年三十歳よ」

「あっ、じゃあ……」

後ろの女子グループが無言になったので、俺は振り返ってみる。目がバッチリ合った。

「俺に似てる感じですか？」

「いやまさか……」

やや引き気味に教えてくれたな。人生の半分以上を引きこもっていた俺とカリスマ指導者じゃ、そりゃ人気に差は出るか。

まあ俺には家族やキュー、セシルもいるから全然それでいいけれど。

担任教師が入ってきて一時間目の授業が始まる。

「おはようございます皆さん、今日は何の日か覚えていますよね？」

周りの生徒たちがうなずく。あれ、今日って何かあるの？

「はいそうです、今日は一日かけて、特別実習を行います」

そういえば、前にそんな感じのこと話していたような……。授業の一環で、山にしかいない特別な魔物を倒す訓練を行うらしい。

まぁ大したことない魔物なのだが倒し方が特殊なので実戦でやろうということだ。この学校、割と危ないことさせるからな。

前も授業中に死にかけたことあったしね俺。

すぐにクラス全員での移動が始まる。街を出て北に五キロほど進んだ山を目指す。

わいわいと生徒たちの会話も弾む。授業って言うかピクニックみたいなもんだな。

俺もセシルとの会話を楽しみつつ歩いていると、すぐに山に到着した。

一見普通の山だけど、宝山と呼ばれているとか。

「なんでそんな呼ばれ方してるんだ？」

「……その昔、伝説と呼ばれた山賊がこの山にお宝を隠したらしいよ」

「伝説って言うとボカロか」

ボカロは本にもたびたび登場する希代の大盗賊だ。

いろんな場所からありとあらゆる財を盗んだことで有名なのに、彼の死後もそのお宝のほとんどは見つかっていない。

「もしかしてさお宝って全然見つかってないの？」

「この山にあるという噂だけど誰も見つけられていない」

「やばい、おっさんワクワクしてきちゃった……」

「……探す？」

「こっそりと二人で探そうか」

「タクトが言うなら死ぬ気で探すね」

こうして俺達の目的は定まった。授業を受けているふりをしてボカロのお宝探しをするぜ！

山の中を列をなして歩いていく。俺たち以外にも冒険者などがいるらしく、何度もすれ違った。

彼らもやっぱりお宝を探しているんだろうか。それはやはり金銀財宝なのだろうか、なんて思っていたら本日のメインディッシュが現れた。

空中をふわふわと浮遊するケサランという魔物だ。

直径は三十センチほど、円形で体の全てがふわふわの毛で覆われている。目や鼻などは確認できず、吠えたりわめいたりすることもない。

ただし、自分の近くに寄ってきた人間を問答無用で攻撃する性質がある。

「先生が、どういった魔物かをお見せします」

上半身が隠れるくらいの大きな盾を構え、先生がケサランに近づいていく。

「チョアアア」

途端、ケサランが毛を針のように硬くして大量に先生に向けて発射した。

無手ならかなり危険だけれど先生は盾を構えている。

何の問題もなく近づいていき、右手に持っていたビンの中身を敵にかける。そこには紫色の明らかにやばい液体が入っていた。

ケサランの様子がすぐにおかしくなった。

地面に落っこちてもがくようにゴロゴロ転がりだしたのだ。中身は毒だろうから、あんな反応するのだ。

結局一分と持たずにケサランはあの世へ旅立った。

さよなら、最後の死に方だけ同情するよ。

「ケサランは武器と魔法の攻撃が非常に効きにくいのです。そこでああいった毒物をかけて倒すことが基本となります」

「先生、さっきのはどうやって作ったんですか？」

「サソリやヘビなどの毒を調合して作りました。皆さんの分もあるから安心してくださいね」

安心していいのですか……？

ともあれ、俺たちは実戦訓練を始めることとなった。

この山にはケサランがいっぱいいるので、相手にはことかかない。

みんな素直に盾アンド毒液でケサランを攻略していく。

負けん気の強いガルムなんかは、武器で攻撃したけど、吹き飛ぶだけで相手にはダメージゼロ。

最後は諦めて毒液で倒したのがかっこ悪かった。

「タクト、あなたもやってみてください」

「はぁ」

俺はケサランなんかよりお宝探ししたんだけどな……。

盾を構え、ジリジリ近づく。

やってて思う。この方法、必ずしも安全じゃないよな。ケサランが必ず盾に撃ってくれるわけじゃない。

毛が刺さっても死にはしないけど相当痛いはず。

「あ、そういや……」

俺は馬鹿正直にこんな戦法取らなくてもいいのかも。

『毒眼』があるので、それを使ってみる。

ドサッと落っこちて苦しみ出すケサラン。成功したようだ。

「今、何をしたのです？」

「バロンド流でやってみました」

「ど、どういった戦い方なのです？　いきなり倒れましたが……」

「そこは秘密と言いますか、教えても俺以外にはできないことなんで」

みんなの注目を浴び、俺はセシルの横に颯爽と移動する。さすが、カッコイイ、などと彼女が褒めてくれるのでより気分が良くなる。

他の女子も「やるじゃん……」みたいな感じで小さく俺を称えていた。

最近、少しずつだけど俺の評価がアップし始めているからな。おっさんでもやれるってことを見せたいね。

まだ授業が続く中、俺とセシルはさりげなくお宝を探す。山には洞穴が結構あるようなので、そういうとこだろうか？

「ボカロは何かヒントとか残してくれなかったのかね」

「一応、ある。『宝が欲しいか？　なら魔人が生まれる場所を探せ』だって」

「魔人が生まれる場所……魔素が濃いってこと？」

「ボカロの所有するアイテムの中に、それを調べるものがあったのかも」

大量の魔道具を有していたのだから、持ってても変じゃない。

「タクトなら、探せる？」

「やってみようか」

『魔素感知眼』で魔素の濃いところ探していく。

だが、その作業はすぐに取りやめになった。

俺たちのクラスが、未知の魔物に遭遇したからだ。

「せ、先生、あれはケサランですか⁉」

「あれは……」

先生が焦るのも無理ない。ケサランの倍以上の大きさ。加えて色が全然違うんだよ。ケサランは白っぽいのに、こっちは不気味な赤黒い色をしている。

「へ、変異種かもしれません。ケサランの突然変異は、あまり聞いたことがないですが……」

敵の能力が不明なため、危険は犯さない。絶対に攻撃するなと先生は命じて、俺たちは赤ケサランから離れる。

幸い、距離は何メートルもある。普通のケサランなら百パー攻撃してこないだろう。

しかしこいつは超攻撃的であちらから仕掛けてくる。

「危ない、下がってください！」

生徒をかばって先生が盾を構える。飛来した赤毛は全てガードしたのだから拍手したい。

ドォン――爆発音が轟き、先生の構えていた盾が吹き飛んだ。

盾に刺さった毛が、小規模とはいえ爆発したのだ。

あれじゃ恐ろしすぎて毒液をかけるまで近づけない。

「マッ、ジ、かっよ……あんなん人体に刺さったら……そうだ！　おっさん、あいつを」

「そうです、タクトさん、バロンド流でどうにかなりませんか⁉」

「や、やってみます」

まあ、そりゃ俺のやり方が一番安全なので、ここは引き受ける。

さすがにクラスメイトに死なれちゃご飯がまずくなる。

俺は魔力量を多めに『毒眼』を発動した。

そして、驚くべきことが起きた。

23話　ケイヒ

突然俺たちの前に現れた赤黒いケサランに対して、俺は『毒眼』を使おうとする。これなら離れた場所から安全に攻撃できるからだ。

ところが、眼力を発動する前に異変が生じた。白い煙のようなものがどこからともなく漂ってきかと思うと、ケサランが凍り付いて地面に落っこちてしまったからだ。

氷塊の中に、完全に包まれた感じになっており、あれじゃ身動き取れないだろう。というか、もう死んでるのかもしれない。

退治したのは俺たちではない。長身の見知らぬイケメンが微笑みを浮かべながらこちらへ歩み寄ってきた。

「お怪我はありませんか？」

「エッ⁉」

先生やみんなが驚愕の声を上げる。何だ、有名人なのか？

「どうして、ここにケイヒ様がっ……！」

何ということだ、まさかこいつがあの有名なグリモワール教団のカリスマ的指導者とは。

灰髪をオールバックにして額を出しているのだが、肌がめちゃくちゃ綺麗で中性的な雰囲気も醸し出している。黒い修道服っぽいけれど、胸元を開き、細かいところでシャレた感じで、カタブッって印象はまるで与えない。知的でありながら、ちゃんと大物感も備えている。

噂以上の超絶イケメンぶりに少し嫉妬してしまいそうだ。

「学生の方々ですよね。本日は課外授業ですか？」

「は、はい。生徒たちにケサランの倒し方を教えようと思ったのですけど、あの変異種が現れてしまい」

先生が答えると、ケイヒは浅くうなずいて、優しい口調で話す。

「最近、たまに出現するようです。中途半端な魔法や毒が効かず、困る方も多いようです。僕でよろしければ、護衛を務めましょうか」

「よっ、よろしいのですかっ⁉」

「ええ、我がグリモワール教団は、困っている人に手を差し伸べる、が信条ですから」

これには女子たちが狂ったように喜んでいた。まさかあの憧れの人に守ってもらえるなんて夢にも考えてなかったのだろう。

俺やセシルからすると、警戒するべき相手なのだが、個人的にどんな人物なのかも興味がある。

課外授業はやめ、山を下りることにしたのだが、女子がケイヒを質問責めにする。

「ケイヒ様はどうしてこの山にいらっしゃったのですか？」

「僕は捜し物をしているんです。王から、大盗賊ボカロが残したというアイテムの探索を命じられていまして。……失礼、あちらの方とお話してみたいので」

あちらの方、というのはどうも俺のようで、相変わらず人当たりの良さげな表情をしながら近づいてきた。

「初めまして、ケイヒと申します。他の生徒たちより、少し大人の方ですよね？」

「……ええ、まあ、そんなとこです」

俺がマリンや爺ちゃんの家族だと知っていてもおかしくない。それにこいつは、セシルの父さんにもちょっかいをかけていたやつだ。名前を訊かれ、黙っているとクラスメイトが勝手に俺のプロフィールを答えてしまう。

「タクトさんと言うのですね。同じ年だと親近感がわきますね。それにしても年を重ねても何かを学ぼうとする姿勢は素晴らしいですね。僕も見習いたいものです」

あー、こりゃ前情報なかったら大抵の人は騙されるかもしれないな。世間話も含め、色々と話してくれるのだが、その中で興味深かったのはボカロのお宝の話だった。

「多くの物をこの山に隠したみたいです。肉体を強化するイヤリングですとか、従魔に言語を覚えさせる薬ですかとか」

「会話、できるってことですか」

「そのようですよ。ここだけの話、魔素の多いところに隠したと言われています。彼はどうやってか、魔素の量を確認できたと言います」

隠した場所を忘れないように、濃いとこに隠したということだろうか。

というか、待てよ。俺は魔素を見ることができるので、お宝を当てられるかもしれないのか。

「タクトさんって、貴方特別な眼力があるよね。魔素は見れないの？」

「眼力を……可能なのですか？」

クラスメイトの情報に、ケイヒが興味深そうに交渉してくる。

「どうでしょう、よければ僕と一緒に探してみませんか？ここは王様の所有する山ですので、仮にお宝を発見しても捧げることになるでしょう。そこで僕が王様に交渉します。タクトさんの手に、従魔の薬が渡るように」

悪い話じゃ、ないのかな。セシルに耳打ちで相談すると、俺の判断に任せると言ってくれた。

普通に、悩む。俺としては、もしキューと会話できたらどんなに楽しいかなって想像してしまう。あとでこっそりお宝を見つけたとしても、それを拝借すれば横領の罪に問われるのは非常に困る……。

「わかり、ました。やるだけ、やってみます」

「ありがとうございます。もし発見できた際には、薬の件はお任せください。こう見えて、王様には顔が利くのです」

さすがにこれだけ証人がいれば、お宝だけいただいてトンズラはしないよな。俺は『魔素感知眼』にて、山の魔素の濃度を調べていく。

「こっち、かな」

俺が主導してお宝探しを開始する。魔素は場所によって変わってくるのだけど、この山は特にそれが顕著だ。

一本の樹木の前で立ち止まる。

「ここが濃いですね」

「土魔法を使っても良いのですが、もしお宝があったら破損するかもしれませんね。手動でやりましょう」

スコップを何もない空間から手元に出し、ケイヒは周囲を驚かせる。済ました顔で土を掘り始めたので、俺はじっくりと鑑定させてもらうことにしたのだが——鑑定眼、パーソナル鑑定眼、両者とも機能しない。

「ここでは、ないようですね」

「ええと、すみません」

「謝らなくていいのですよ、タクトさん。あなただけが頼りなのですから」

めげずに、お宝探しは続ける。何カ所か濃度の濃いところを調べた。何時間か過ぎた頃、ようやく当たりを引けた。いままで見た中でも一番の大樹……そこから少しずれた細木の下に、手応えがあったのだ。

みんな大樹の下に期待するから、わざとズラしたところに隠したのかもしれない。ケイヒのスコップの先が土中の何かにぶつかり、掘り出してみると木製の宝箱だった。

「素晴らしい。タクトさんには感謝しなくてはいけませんね」

興奮した様子のケイヒだけど、まだボカロのお宝と決定したわけじゃない。フェイクなんて可能性もあるから。

「開けますよ」

罠などが仕掛けてあった時に対処できるからとケイヒが代表で箱を持ち上げた。

おっ、これは。中に詰まっていたのは幾つもの装飾品、グローブ、モノクル、魔物か何かの牙、そして薬か何かが入れられた巾着袋。

ケイヒはモノクルに興味があるようで、それをためつすがめつ調べる。

「どうです、本物でした？」

「ええ、タクトさん。貴方が欲しがっていた物もここにありますよ」

巾着袋に入っている丸薬は、従魔に使える物で間違いないだろうと教えてもらう。

「それでは皆さん、僕らの街へ帰りましょう。あ、ご安心ください。今回はタクトさんのお手柄ですし、王様にもきちんとご報告しますので」

一度宝物は全部ケイヒに預けることに。こいつ、トンズラしないよな？　若干の不安はあるけど、ここは信用するしかない。

街に戻り、ケイヒとは別れる。明日、学校に俺に会いにくると約束してくれた。

俺はその日の晩、マリンと爺ちゃんに一日の出来事を話す。やはり二人とも渋面だった。

「お兄様、お気をつけください。あの人は、本当に何を考えているのかわかりません」

「何かあれば、すぐに伝えるのじゃぞ」

「わかったよ、心配かけてごめんな二人とも」

「きゅぅー？」

「キューも、もうちょっと待っててな。あいつが約束破らなかったら、もっと親密なコミュニケーション取れるぞ」

「きゅう！」

あー楽しみ過ぎる。早く明日にならんかな。

三十歳、わくわくしながらベッドにつく。

とはいえ、喜んでばかりもいられない。尻尾こそ掴めてないものの、裏で悪どいことをやるグリモワールのトップだ。

人当たりはいいけど、結局パーソナルデータも得られなかったから趣味とかもわからなかった。難しい相手だ。

翌朝、セシルと一緒に学校へ行くと、門の所に人だかりができていた。きゃあきゃあ女子がうるさいから、まさかと思ったらやはりケイヒがいた。

「おはようございます、タクトさん。昨日はお世話になりました」

「いえこちこそ。それで……」

「ええ、もちろん許可が出ましたよ」

そう言って、俺にあの巾着袋を手渡してきた。中には、小さい丸薬が十以上入っていた。

「それを一日一粒ずつ従魔に与えてください。日に日に、学習していくそうですよ」

「……疑うわけじゃありませんが、何か変なもの入れてませんよね？」

「ご安心ください。僕はそのようなことはしません」

「もし従魔がおかしくなったら、乗り込ませていただくかも……」

「そこは、信頼して欲しいです。僕の方も、お宝を一ついただけたので、いま本当に幸せな気分なんですよ。どうですタクトさん、一度お食事でも。何でもオゴらせていただきます」

「はあ、結構です。グリモワールと仲良くする気はないので」

「……残念です。またいつか、お会いしましょう」

握手を求められたが、ここは応じないでおく。手に毒とか塗ってあったら嫌だし。冗談だけど。

まあ、予想の範囲内だったのか、ケイヒは俺に微笑みかけてから颯爽と立ち去った。

その後ろ姿も様になってて、ちょっとだけジェラシーを感じる。

「……タクト、あの人、何をもらったのかな」

「何だろうなぁ」

「あの人だけは、本当に気をつけよう」

「うん、そうする」

でも今だけは浮かれさせてください。

早く帰って、キューにこれを食べさせてみたい！

24話　美人エルフ・ミーミ

従魔に言葉を覚えさせることが可能だという夢のような丸薬。俺は家に帰ると、早速キューにこれを食べさせてみる。

「きゅう?」

「大丈夫、食べてみてくれ。美味しいかは、保障しないけど」

キューは俺のことを信頼してくれてるのか、単に腹が減っているだけなのか丸薬を一つ疑うこともなく食べた。

ええと、これは一日一つだったよな。

「どうだい?　何か変化は?」

「きゅぅ?」

さすがに、食べてすぐ、もう話せるようになりました!　とはならないか。脳みそが急に変化するわけでもないし、気長に待とう。

ただし、一応挨拶くらいは教えておく。

深夜までレッスンしたからだろうかね。翌朝、俺はとんでもない感動を覚える。

目が覚めると、俺の腕枕にキューが頭を乗せていたんだ。そして俺と目があった瞬間、思いがけないことが起きる。

「おはやー」

「えっ⁉　今の、おはよーって言ったのか？」

「おはやー」

まだ上手く発音できないみたいだけど、間違いなく昨日教えた成果が出ている。

これは素晴らしいと俺は跳ね起き、キューと一緒に居間へ駆け下りた。もう一つ、丸薬を食べさせてから、一緒に出かけることにする。

今日は休日なので、セシルを誘って街の外へ。

「見ろキュー、あれが太陽！　蒼いのが空だ」

「たいよ、そりゃー？」

「そう、そんな感じ！　俺とこの子の名前は？」

「たくろ～、せしろ～」

微妙に間違ってるけど可愛いから良しとしよう。元々キューは賢いのだろう。綿が水を吸収するかのように単語を覚えていく。

俺たちは森に行って、草や木、果実などを直接見せてさらに世界のことを伝える。しばらくすると、キューはぱたぱたしていた翼を休め、力なく地べたに座り込む。

「おなか、へたー」

「そこの発音は結構上手いな。よし、いま何か食べさせるよ」

三人で休憩して食事をとることにしたのだが、急にセシルが立ち上がって険しい顔をする。

「……タクちゃん、ここはちょっと危険じゃないかな」

「どういう意味？」

突然、ドドドドドッと地面を揺るがすような音が聞こえてきて焦る。前方から、何体もの象の魔物が押し寄せてくる。

「バトルエレファント⁉　何であんなに……」

一見、普通の灰色の象と変わらないんだけど、鋭利な牙が生えそろっている。肉食寄りの雑食で、人間を襲うこともある危険なやつらだ。

「こっちにくる。タクちゃんとキューは下がってて」

「いやセシルでも無理だろ。それに、あれは俺たちを狙ってるのか？　試しに隠れてみよう」

どうも、俺たちを狙ってるわけではない気がしたので、あいつらの進行方向から外れた木陰に避難してみる。

その判断は大正解だった。俺たちになど目もくれずに、バトルエレファントの群れは通過していく。しかし、あんなスピードで走り去るなんてよほどのことがあったのだろう。

「何かから逃げてたのか、あれ」

「うん、そうみたいだね。危険な魔物がいるのかも」

「危険な香りがするし、近づかないのが吉だろうな」

「いく～」

かける。

「ちょ、キュー⁉」

言ってるそばから、キューがスイスイと飛んで危険な方へ進んでいく。俺とセシルはすぐに追いかける。

っていうか、キューはだいぶ賢いし直感も鋭い。それがあんなに警戒心もなく向かうのだから、実はとんでもないお宝が隠されてあったりして。

という期待は外れだった。しかし、恐れていた凶悪な魔物が存在していたわけでもない。

何体かのバトルエレファントの死体の中心で、悠然と佇む一人の美人さんがいたのだ。

魔女みたいな三角帽子を被った金髪ロングヘアー。白皙碧眼で露出度高めの服を着ており、スタイルがめちゃくちゃ良い。杖のような武器も持っている。

その立ち姿に思わず見とれていると、何とあちらから声をかけてきた。

「こんにちは。ここら辺の人かしら？」

「は、はい。そうです」

「そんな畏まらないでいいわよ。あたし、全然大した人物じゃないから」

敬語じゃなくて良いみたいなので、普通に話させてもらう。

「ここの魔物って、貴方がやったんですか？」

「そうよ。襲ってきたから、倒したの。ここの大陸では、まさか魔物を倒しちゃダメなんてルールないわよね？」

この物言いには、さすがに疑問を持たずにいられない。

「この大陸って……まるで別の大陸から来たみたいな言い方ですね」

「そうなの。あたしは違うところから来たのよ」

嘘を言っているようには思えないし、そんな嘘をつく必要もないはず。この大陸近くの海にはリヴァイアサンが棲んでいて、内外からの人間を絶対に許さない。

俺はパーソナル鑑定眼とプライベート鑑定眼を使わせてもらう。
名前：ミーミ・ライネル
年齢：22
性別：エルフ女
能力：連火球　風破斬　土針　氷結弾
好きな物事……散歩、会話、森の空気
きらいな物事……空気の汚いところ
交際経験……0人
思い人の有無……無

強いっ。何より、種族がエルフだって!?

耳は髪で隠れててよくわからないけど、やはり尖ってたりするのだろうか。

「ミーミさんは、やっぱりリヴァイアサンを倒してきたのか？」

「あれ？　あたし名前言ったっけ？」

「あっ。ええと……特殊な眼力があって、わかるっていうか」

「……凄いわねぇ。実はあたし、さっきここに来たばかりなんだけど、この大陸の人ってみんなそんな力あるの？」

そうでないと説明しておく。ついでに俺は自分も含めて軽く自己紹介した。違う大陸から人なんて珍しいし、もっと交流がしたい。や、別に美人エルフだからってわけじゃない……。

「タクトにセシルにキューね、覚えたよ。みんな、すっごく可愛いわね。年下の子、好きよ」

「あ、俺三十なんだけど」

「そうなの⁉　ええっ、何か若く見えるわね……」

「引きこもってたので精神年齢が……自分で言ってて悲しい。っていうか、本当にどうやってこの森にきた？　リヴァイアサンは？」

「空、飛んできたのよ。あたしのお婆ちゃんの従魔で大鳥がいるの。それに乗ってきたわ」

なるほど、空を飛ぶならばリヴァイアサンの猛攻も逃れられるかもしれないな。

とは言うものの、その大鳥とやらはどこにも見当たらない。

「もう帰っちゃったわ。あたしが目的を達成したら、また迎えにきてくれる予定」

「目的？」

「そうそう。貴方たちに聞きたいの。——ケイヒって男知らない？」

まさかの名前が出てきて、俺とセシルは顔を見合わせて驚く。ここでは有名だけど、別大陸にまでケイヒの名は届いているのだろうか？

「知って、ますけど」

「本当に⁉　ヤバイ、いきなり優秀な人たちに出会えて凄くラッキー。あたし、運がいいのかも」

「ケイヒに、どんな用があるんです？」

「そうね、一言でいうならば倒しにきたわ」

今までの緩い空気が一変して、ミーミの目つきがかなり鋭いものに変わった。

雰囲気に気圧され俺たちが黙っていると、フッと脱力して元の柔らかい表情になる。

「ごめんね、驚かせて。さっき出たあたしのお婆ちゃんって、腕利きの占い師なの。そのお婆ちゃんの占いによると近い将来、世界が恐怖の渦に落とされるのよ。で、それを引き起こすのが、ケイヒって男らしいわ」

世界に災いをもたらす男、か。グリモワール教団のあいつなら、世界を陥れても何も不思議じゃない。

「でも、世界って規模が大きすぎるような……。いくらケイヒでも。そこまで大それたことができるかな」

「お婆ちゃんの占いによると、最近力を手に入れたみたい。詳しくはわからないけど、モノクルみたいなのが、ケイヒって男はずっと欲しかったみたいよ」

「モノ、クル……」

覚えがある。山で、ボカロの宝箱の中にそのモノクルが入っていたよな。確かにあいつ、かなり念入りに調べていた。あれは、そんなに強力な魔道具だったのだろうか？

「ねえタクト、良かったら街まで案内してくれない？」

「ああ、構わないよ。なあセシル」

「……うん。悪い人じゃなさそう」

「ありがと二人とも！　友達になってね！」

俺とセシルに熱い握手をしてくるミーミ。かなり性格が可愛い人だよな。仲良くなれたらいいな。

他大陸のこととか知りたいし。

「そしてキュー！　こっちおいで～」

ミーミはキューがお気に入りらしく、胸に抱いて愛おしそうにする。

かなりの巨乳なので、俺としてはとても羨ましい。変わってくれよキュー。そして何か感想はないのかい。せっかく少しは喋れるようになったんだから。

「やわらかー」

それが感想かっ。来世では、俺もキューになりたいです！

25話　彼女はちょっと抜けてます

偶然森で出会ったミーミを俺たちの住む街まで案内することにしたのだが、その途中で彼女の戦闘力に俺は驚かされる。

ブラックタイガーという黒くて普通の虎より大きい体をした魔物に襲われた時、ミーミが軽い口調で言う。

「ここはあたしにまっかせなさい。案内してもらうだけじゃ、心苦しいものね」

「グゥルルルゥ……」

低く唸って威嚇するブラックタイガーに正直俺はビビる。目つきから殺してやると伝わってくるし、口からよだれが垂れてることで腹が減ってることもわかるからだ。

俺は戦ったことないけど昔読んだ本によると、こいつらは鉄の鎧ごと食いちぎったりすることも可能だとか。さらに長い牙からは毒を送り込むこともできるので、噛まれたらまず終わりだろう。

「気をつけてくれよミーミ。そいつは……」

「大丈夫よ、今終わらせるわ」

彼女が長い杖を振ると、火球とよばれる火の玉が放たれる。これは結構覚えている人もいて珍しくはないんだけど、ミーミのはよく見るそれではない。

まず火球がデカイ！　普通は人の頭程度なんだけど、サイズがもっと大きく、連射するように撃つのだ。
1、2、3、4、5発も……⁉
ただ実はこれ、全部外れた。狙いは完璧だったんだけど、ブラックタイガーが巨体の割に俊敏に動いて木々の中を駆け抜けるからだ。

木々の間を縫うように動き、ミーミに飛びかかろうとして――ゴッ、と突然隆起した地面と頭から衝突してひっくり返る。

土針って魔法で間違いないだろう。円錐状で先が尖ってるのだが、今回は串刺しじゃなくぶつけて動きを止めることに利用したと。

転倒してもがくブラックタイガーの隙をミーミは見逃さない。

「凍っちゃいなさい」

大杖を一振りすると冷気と一緒に白い煙がブラックタイガーの後ろ足らへんに出てきて、一瞬でそこを氷漬けにした。

相手が身動きできないところをミーミはテクテクと歩いて近づき、大杖でガツンと頭をぶっ叩く。

オーマイゴウカイ……に頭の中身が……。魔法だけじゃなくて単純に物理攻撃も強いんだな。

「体は大きくても脳みそは小さいのね、きっと」

倒した魔物を眺めて、うふふーと笑うのだからメンタルも強そう。

セシルも彼女に興味を持ったみたいで一つ質問をする。

「他大陸の人は、みんな強いの？」

「人それぞれよ。でも私はエルフだから、色んな属性の適性があることが多いのよ」

少し尖った耳を出して、触ってみる？　と訊いてきたので俺が触ろうとすると断られる。

「男はダメよ、タクトはエッチなのね」

「そ、そこは否定できないけども」

なぜ男はいけないのかは、セシルがぐにぐにといじったら判明する。あふんっ、と変な声を出して尻もちをついたのだ。相当脱力したのか、なかなか立ち上がれないようだった。

「ふぅ、わかったでしょう？　案内のお礼に教えてあげるけれど、私たちエルフは耳が弱点なの。異性には、よほどのことがないと触らせないわ」

「いつか……いつの日か……触らせてもらえるように頑張るよ！」

「そこ、頑張らなくてよろしい」

街に向かいながら、ミーミの村のことや別大陸について質問を重ねる。別大陸でも、やっぱり普通の人間が一番多いらしく、エルフは少数派なのだとか。

「へー、ここがタクトとセシル、それにキューが住む街なのね。発展してるわね」

「街を案内しようか？　それともまずは宿の確保からかな」

「そうねぇ、まずは宿をとらせてもらいたいわ。大鳥に乗っての移動が長くて、結構疲れちゃって」

「了解ー」

街にはいくつか宿はあるけど、コスパが良いと有名なところまで彼女を連れて行く。セクシー美人のミーミと可愛い容貌のセシル、さらに子ドラゴンのキューという組み合わせはとんでもなく目立ち、すれ違う人々が百パーセントに近い確率で二度見してくる。

この中だと俺の元引きこもり属性だけ激しく劣ってるかも。

「ここは街でも評判がいい宿なんだ。食事も悪くないし、安全面もしっかりしているらしい、俺は泊まったことないけど」

「直感だけど、タクトは自分の家が好きそうね」

「そりゃもう。長年引きこもるくらいは好きだよ。家族も優しいし」

「引きこもってても怒らない家族なのね。会ってみたいわ」

「爺ちゃんと妹がいるんだけど、妹はミーミと気が合うかもな」

そんな会話を少しした後、ミーミが感謝の意を改めて告げてきた。

「こっちにきて最初に会えたのが三人で良かった。また会えるかしら？　友達になりたいの」

「もちろん」

「わたしも、ミーミは好きよ」

「キューもー」

「ありがと！　じゃまた明日でも明後日でも、宿に訪ねてきてねっ。バイバーイ」

大きく手を振って、ミーミとお別れする。

また明日、会いにいこうと俺たちはみんなで誓う。

ミーミの姿も見えなくなり、セシルともお別れしようとした時のことだ、すごい足音が聞こえてきた。

「えっ、ミーミ⁉」

「ねえ聞いてええええーーーっ」

何だ、何か事件が起こったのだろうか。俺たちはミーミの次の言葉に耳を傾ける。

「すごく……すごくマズいことに気づいたのあたし」

「マズいことってのは……」

「あたし、お金持ってないの！　友達の皆さん、どうかお力を貸してーっ」

あれだけ魔法が上手でセクシーでどこか姉御肌なのに、ミーミって案外抜けてるんだな。

お金を貸すって手もなくはないけど、ここは……。

「な、何なら、お、俺の家、泊まる？」

「いいの⁉　やだ、タクトってば優しいのね。あたしが人間だったら惚れてたかも」

いつか、その種族の壁も超えて惚れさせてみせる！　とは心の中で叫ぶだけにしておこう。

26話　潜入調査

美人でセクシーだけどちょっと抜けてるエルフのミーミ。彼女は金を所持していないというので、しばらく俺の家に泊めるという話の流れになる。

もっとも、爺ちゃんとマリンの許可が出なければ、野宿してもらうことになるが。

家に帰ると、二人とも珍しくどこにも出かけていない。休日だろうと、いつもは忙しく悪魔関連の仕事に精を出すのが日常なのだ。

「マリンに爺ちゃん、紹介したい人がいるんだ」

「いるんだぁー」

キューが舌足らずに真似するのが本当にキュートなので胸に抱いて撫で撫でしながらミーミを紹介する。

「彼女はミーミ。実は別大陸からきたエルフで……」

事情を説明すると、さすがの二人も眉を上げた。でもケイヒの暴走を止めようとする目的には共感したようで好意的だった。……余計な一言を口にするまでは。

「あたし抜けてて、お金忘れちゃって。タクトの彼女みたいな扱いで構わないので、しばらく泊めて欲しいの」

「……彼女」

普段は温厚すぎるマリンが意味分からんとばかりに首を傾げている。

「お兄様と出会ったばかりなのに、恋人ですか。おかしくはないですか」

「そうかしら……？　でも恋は突然に始まるものと言うし」

「お兄様は優しさに溢れ魅力的なので女性から人気があるのもわかります。しかし恋とは、両者が同じ方向を向いていて成り立つはずですよ」

「タクトってあたしのこと嫌い？」

「きら、嫌いじゃ、ないって」

急にフラれてしどろもどろになるが、何とか答えるとミーミが嬉しそうに抱きついてくる。腕に肌の感触があって、妙な気分になる。

だがマリンが間に入って、ミーミを無理やり俺から離した。

「まだ、敵の可能性を捨てきれません。色仕掛けがないとも限りませんし。グリモワール教団を討つと豪語する、グリモワールの手先ということも」


「何それ〜。さすがに疑いじゃないかしら」

「私は大切な家族を絶対に失いたくないんです。泊まるならば、私の部屋にお願いします」

自分の近くに置いて監視したい、ということなんだろう。

ミーミはちょっと納得いかないようだったが、自分が居候の身と自覚したのか素直に従った。

キューの時も感じたのだけど、長年住み慣れた家でも新しい人が入ると、何だか新鮮なんだよな。

マリンはまだ疑っているようだけど、ムッツリの爺ちゃんは完全にミーミを信用しており、歓迎のために高い肉を買ってきてくれた。

「おじちゃん素敵っ。ありがとうね」

「ふぉふぉ、なーに大切な孫の友人なんじゃ。当たり前当たり前」

「爺ちゃん、胸元見つめながら話すのやめようぜ。変態に見えるよ」

「そういうタクトこそ、チラチラ盗み見するでない。男なら正面から見つめるんじゃ」

「二人とも変態すぎだわ、あはは」

「たくとへんたいー、じいへんたいー」

「キュー、それは覚えなくいい言葉だっ」

まだまだマリンは気を許してないけど、食卓がやたら賑やかになった。

一晩が何事もなく過ぎ、翌朝をむかえる。リビングに行くとミーミがいて、挨拶もそこそこに今日の予定を口にする。

「グリモワール教団に潜入してみようと思うの」

「潜入調査ってやつか……」

「そ。お婆ちゃんの予言はいつも当たるけど、あたしはやっぱり自分の目で確かめたい。本当に悪の教団なのか、そしてケイヒは討つべき相手なのか」

ちゃんと自分を持っていて立派だ。触発されたわけじゃないけど俺も協力を申し出る。

「ケイヒが手に入れたかったアイテム……あれを見つけたのは実は俺なんだ。事情は知らなかったとはいえ、結果的に俺が状況を悪くした」

ボカロの宝でキューが喋れるようになったのはいいが、まさかそこに世界征服に役立つ道具まで入っているなんて想像できなかった。

「貴方が協力してくれるなら心強いわ」

「きゅーもいく〜」

「ごめんなキュー。ちょっと今回は……」

「では、キューは私が見ておきます。お兄様、絶対に無理はしないでくださいね」

「ああ、むしろ俺はちょっと無理するくらいで人並みだからね」

しょぼんとするキューには悪いけど、マリンに預かってもらうことにして俺とミーミは教団に。

俺はケイヒに顔が割れてるけど、むしろ来てほしそうだったし拒否はされないだろう。

というか、ケイヒがいるかもわからないが。

「教団はいつでも新規入会者を歓迎する。興味持ったって設定でいこう」

「わかったわ。できれば、ケイヒを一度この目で見ておきたいの」

「……となると、中央教会かな」

街にはグリモワール教団が祈りを捧げる教会がいくつかある。ケイヒがどこにいるかは不明だが、とりあえず一番大きいところに足を向ける。

教会の入り口にはローブを着た者が数人立っていて、中に入る人にカードのようなものの提示を求めている。

教団員の証みたいなものだろう。俺たちは正直にないと告げる。

「ご新規の方ですか？」

「はい、教団に興味がありまして」

「左様ですか。我々は、新たなる友を歓迎します。ぜひ一度、お祈りに参加くださいませ」

「ありがとうございます。ケイヒ様ってこちらにいますか？」

「ケイヒ様は布教のため、昨日より他の街に出かけました」

「ああ、そうでしたか」

少し予定が狂った。ただ、考え方によっちゃ吉なのかもしれない。頭がキレて強いケイヒがいないなら大胆に調査できるだろう。

ミーミと礼拝堂に入り、木製の長い椅子の端に腰を下ろす。しばらく経つと説教壇に二十半ばくらいの女性が立ち、神への祈りを捧げ始める。

教徒たちも同じようにしていた。

「マリアンナ様、今日も一段とお美しいな」

「人格者で、本当に素晴らしいお方だ」

隣の人たちがコソコソと話している。あの人だけ穢れを一切感じさせない白のローブだし、確かに雰囲気からして他とは一線を画す。情報を得たいので頑張って話しかける。

「すみません、今日参加したばかりなんですが、有名な方なんですか」

「ケイヒ様の右腕とも言われているお方だよ。教団のナンバー2と評価する人も多い」

「まだ若そうなのに凄い人なんですね」

「孤児や浮浪者の支援に積極的な方で、容姿だけじゃなく心根もとても美しいお方なんだ」

へえ、と俺とミーミは女性を眺める。

仕草や表情から受ける印象は、なるほど素晴らしいものがある。

「……何だか、嘘くさいわね」

「嘘くさいって？」

「あの笑顔よ。すっごい作り笑いにあたしは思えるの」

「そう、か？　俺には心から笑ってるように思えるけど」

「タクトって女に騙されるタイプよ、気をつけて」

これには反論できないよな。ミーミは直感を信じるタイプなので、マリアンナを調べたいと言い出す。

そいつが悪人かどうかは、プライベード鑑定眼で判明することもあるんだけど、ちょっと距離が遠くて確認できない。

何事もなく礼拝が終わった後、俺たちは帰ることなく建物の近くで待機する。

教徒が全員出ると礼拝堂に通じる表扉は鍵がかけられたため、裏手に回った。

「俺、邪眼あるのに見る目ないのかな。あんまり悪そうに見えないんだよ。笑顔も作り笑いだと思わなかったし……」

「上手いわよね。でも、目が違うのよ。村にいた、あたしが大っ嫌いなエルフと目が一緒だった」

「どんなエルフなんだ」

「人を見下しまくってて、平気で嘘をつく女だったわ」

よほど腹に据えかねるのか、ぎゅぅぅと拳を固めるミーミ。人生経験……色んな人を見て生きていると、そういうことに目ざとくなるのかもしれないな。

引きこもり時代はマリンと爺ちゃんだけが俺の世界の住民だったから、仕方ないのかもしれない。これからは、もっと色んな人と会って会話して、見識を広めたいもんだ。

さて、二時間ほど待っているとようやくマリアンヌが裏口から出てきた。俺たちは死角になる、離れたところから追跡を開始する。

マリアンヌは、日中でも日が届かなくて暗い治安の悪い貧民街に歩いていく。

道のあちこちに、希望をなくして座り込んでいる人々がいるのだが、彼らに熱心に声がけをしていく。

「布教なのかしら？　家のない人を信者にするとか」

「どうだろうな。つーかあれ……肌を見せてるのか？」

「みたいね」

十代二十代の若い男たちに対し、ローブの裾を少したくしあげて生脚を見せているのだ。

お色気するタイプには思えなかったけど、人って外見では本当にわからないな。

数人の男性を引き連れ、マリアンヌは貧民街を出ると、富豪の多い住宅街へ。

綺麗な白ローブをきた女が、周りと比べてもかなり大きい館に、汚れた服を着た男たちと一緒に入っていく光景は違和感があった。

「お堅いからストレス溜まってて、たまに後腐れない貧民街の男と楽しむ……って俺は思ったんだけど」

「それなら、まだマシよね。でも、どうしようかしら。侵入までするべきか」

そうだ、どうせだし『透視』を使えばいいんじゃないか。人の家を覗き見るようだけど、相手はグリモワール教だしな。

「……ねえ、聞こえた？」

「何が？」

「今、悲鳴のようなものが。あたし、耳良いから」

俺には何も聞こえなかったが、エルフの耳には男の悲鳴が届いたらしい。

「透視使って中を見てみる」

「そんなのもできるの⁉　す、すごいじゃないタクト」

「悪魔を倒せば倒すほど、強くなれる体質なんだ――ってマジかっ⁉」

建物を透視した結果、館の一階の居間で、信じられない事件が起きていた。

27話　酷いやつら

透視で覗いた館の中では、凄惨な光景が繰り広げられていた。

一階の居間のような場所に、あの男たちと女がいるのだが、たった今一人が殺害されたのだ。誰に殺されたかって言うと、悪魔だ……。

肉体は一つなのに人間の頭が二つあり、それぞれ青みを帯びた顔をしている。片方は髭面のおっさんで、もう片方は若いイケメン風だ。体は普通の人間っぽいのだが、そいつが笑いながら貧民街の男に触れると、肌がカサカサになっていきミイラになってしまったのにはビビる。

「あのマリアンナって女、とんでもない悪人だ……。悪魔を飼ってて、あの男たちはそれに殺させるためにここに連れてきたんだ」

「やっぱりそうだったのね。入るわよ」

ミーミが火炎球を放って館のドアをぶち壊す。派手な入場の仕方で俺たちは居間まで急ぐ。

……クソ、カピカピになった死体が一つ増えてやがる。

「貴方たちは逃げてください！」

俺はまだ生き残ってる人に声をかけ、何とか居間から脱出させる。不気味なことに悪魔もマリアンナもそれをニヤニヤして見守るだけだった。

その様子に、正義感の強いミーミが完全にキレて声を上げる。

「あなたたち、悪辣非道なゲスだったのね！　許されるとは思わないことよ」

「別に許されようとは思っていませんよ、クスクス」

不敵な笑みを浮かべるマリアンナは挑発しているのだろう。本性現れてるのは俺たちをここで始末する気マンマンだからだろ、さすがにこっちも慣れてきたよ。

そして悪魔の方は、マリアンナの十倍くらい気持ち悪い。見た目がどうこうよりも話し方とかがヤバいんだよ。

「ダハハ何か何か来たよ来たよ、何あれ何あれ、美味しそうじゃないかあああん」

二つの頭が同時に話すもんだから、どっちに注目していいのかわからんね。つーかどっち見ても気味悪くて、俺が十代の女子だったら泣いてるよあんなの。

俺はこいつは無視して、見た目だけならまあ綺麗な彼女に話しかける。

「マリアンナさん、礼拝堂で会った時とは別人ですね」

「そうでもありませんよ。人とは多面性があるものなのですから。あれもマリアンナ、今の私もマリアンナ。もっとも本当のマリアンナがどれかと言われれば、ケイヒ様にお仕えしている時でしょうね」

「貴方を見れば、ケイヒが悪人だとわかりますね」

「口を慎みなさい？　死にたいのですか？」

「ダハハハ怒った怒った、マリアンナが怒った怒った」

俺は怯んだ……フリをして、その隙にマリアンナと愉快な悪魔を鑑定しておく。

名前：マリアンナ・ドワロー
年齢：29
性別：人間女
能力：闇足　闇壁

名前：ラジャルダ
年齢：189
性別：悪魔男
能力：血槍　血化粧　奪血

どちらもよく知らない能力なので、戦い方の予想がしにくいな。乱戦になるかもしれないけど、ここはミーミにも伝えておいた方が良いだろう。

会得している能力を教えると、さすがにマリアンナと悪魔も瞠目していた。

「ありがとタクト、本当に便利な目なのね」

「……鑑定眼ですか。眼力系は珍しいですね」

「これはこれは凄いやつがきたの、きたの？　エキスを吸い取るのが楽しみになってきたぞきたぞ」

「その悪魔を成長させるため、または暇つぶしのために行方不明になっても騒がれにくい貧民街の人を連れ込んでいたわけですか」

「ご名答ですね。あれらは人間の屑なので、いなくても誰も探さない。おまけに馬鹿だから簡単に色仕掛けも通じるんです。笑ってしまいますよね」

性悪にもほどがあるマリアンナに、ミーミが先制攻撃を仕掛ける。さすがに我慢ならなかったようだ。

「そういうタイプ、一番嫌いなのよっ」

連撃の火炎球を放って戦闘は開始された。ちなみに『速度測定眼』で計ってみたら、時速百キロなので相当な速度じゃなかろうか。

ただマリアンナは体の前にドアみたいな長方形の黒い闇を出して応戦する。防御系らしく火炎球は全て闇の中に消えてあいつには届かなかった。

おっと、俺ものんびりはしていられない。悪魔のラジャルダが涎を垂らしながら攻めかかってきたからだ。

「食べたい食べたい、お前の美味そうなんだもん美味そうなんだもん」

「勘弁してくださいよ……、ミーミそっちは任せます」

「死んじゃダメよ、あたしタクトのこと、結構好きなんだから」

「当たり前ですよ！」

結構好き、か。いつか大好きに変わるように頑張ろう——とかしんみりしてないでさっさと動け俺。ドアを開けて廊下を走り、階段を上っていく。ラジャルダはちゃんと追ってくるが廊下で滑って転んでいる。

「クソクソ俺は何で何でいつもいつも転んじゃうんだろなななななななななな」

あいつ案外間抜けなの？俺はこの間に二階の廊下まで移動、部屋がいくつもあるので、そのうちの一つを開けて中に入る。死体とかあったらどうしようと思ったが存外普通の部屋で安心する。

まず『身体強化眼』で魔力をかなり消費し、肉体を強化しておく。これで怪力で頑強になったはずだ。

腰の剣を抜き、ドアの正面で息を殺してあいつを待ち構える。キィ、とドアが開いた……。

「どこにいるのか楽しみ楽しグエッ⁉」

蛙が潰れた時みたいな悲鳴を上げるのは俺の剣先がラジャルダの心臓をきちんと貫いたからだ。

至近距離、かつ目を見開いているので俺はここぞとばかりに『麻痺眼』も叩き込む。魔力調整しつつ、攻めてみたのだが、こちらは入らなかったかもしれない。口をパクパクさせながらも、右手で俺を掴んでこようとしたからだ。

剣を抜き、バックステップでまずは距離を取る。片膝ついているところを見るにダメージは入ってるよな。

気になるのは、血が異常なほど流れていることだ。そしてそれらが空中に浮き、真っ赤な槍を象る。

『血槍』ってやつか。これが五、六、七本と増えていったかと思うと次々に俺に襲いかかってきた。

「俺は血を流してから強くなる強くなる」

凝固した血液の槍はとんでもない強度を誇り、馬鹿げた威力を発揮するらしい。俺は辛うじて全部避けたんだけど、背後の壁に七つ穴があいたのには背筋が寒くなった。

……仕方ない、ちょっと脅してみるか。

「待て待てラジャルダ、俺をあまり怒らせない方がいい」

「ほうほうほう？」

「俺の邪眼の真の実力を知ったら、お前は灰になるだろうな」

「目が、光った光った？」

『色光眼』という目の色を変える能力だ。キューと仲良くなるときも使用したんだけど、これ本当に色変えるだけの力しかないんだよな。

「俺の赤眼を五秒以上目を合わせると……死ぬぞ？」

これで目を逸らしたら、一気に斬りかかろう。相手が悪魔ならセコいとかないからね。

ところがラジャルダは俺の期待を裏切り、愉悦を極めたような顔をする。

「面白い面白い、俺を倒すジョーク」

「ジョークじゃないんだが」

「もう五秒経った経った。死なないい？」

「やれやれ、俺の奥の手をどうしても見たいらしいな……」

「見せて見せて見せて見せろオオオオ！」

ラジャルダの野郎がまた血槍を作り出したので、俺は窓に向かって全力疾走する。ガラスを割って二回から飛び降りると、凶悪な鏃《やじり》が背中を擦った。ふう、危ねえ。地面に着地して庭を見回す。広いし、ここで闘った方がいいだろうな。室内だと『土操眼』が使えないので、どうしても不利だったのだ。

「――は？　嘘だろ、何でまだここにいるんだ？」

俺が驚いたのは、庭に植えられた木の陰に二人の男がいたからだよ。さっき、俺たちが体張って逃がした貧民街の生き残りだ。

「あ、あんた、こっちくんじゃねえよ。俺らを巻き込むな」

「そう言うなら、逃げたらいいじゃないですか。門はあそこにあるじゃないですか」

誰でも発見できる入り口の門を俺は指さすのだけど、二人は一向に動こうとしない。

とりあえず鑑定するとジャロとパロという微妙に似ている名前だった。どちらも戦闘に役立ちそうな能力はない。

「どうせだし、盗んでやろうと思ってな」

「え？　物を？」

「ああ、クソ女の家には高そうな物がいっぱいあった。あんたらが倒したら後で入るし、倒されても死体処理で外に出るかもしれないだろ？　その隙にやってやる、俺らはタダじゃ転ばねえぞ」

ええぇ……この人ら正気なの？　メンタル強いと評価すべきか脳タリンと説教すべきか俺にはわからないよ神様。

「あれあれ？　三人に増えてる増えてる」

ドサッと重そうな音を立てて窓からラジャルダが落ちてきた。やっべーな、ただでさえ負けそうなのにこの二人守りながらとか勝率ゼロパーになってしまう。

……待て、よ。

「二人とも、俺が身体強化しますから、一緒に戦いませんか？　勝てたら、この家のお宝は全部貴方たちにあげます」

「全部……ってか身体強化ってなんだよ」

「僕には特殊な眼力が備えてます、協力してくれるならば二人を強くします」

「おもしれえ」

「マジかよジャロ？　死ぬかもしれねえぞ」「なあパロ？　いまの生活じゃ死んでんのも同じだろうが。一攫千金のチャンス逃がしてどうすんだ」

「……だな。おれもやるわ」

おっ、やっぱ二人ともファイティングスピリットはあるみたいなので、俺は魔力を使って二人をかなり強化する。

これで俺の残り魔力も五分の一くらいに減ってるので、無駄遣いは避けたいところだ。

二人とも体から力が漲る感覚を覚えているようで、近くの木にパンチをかますと、簡単に折れてしまう。

「すんげ〜、これなら俺たちも闘える。ぶっ殺してやるぜ、化物」

これで数の上ではこちらが有利になったな。

このままの勢いで倒してしまうぞ。

28話　二つ顔の悪魔

「死体が三つに増えた増えた」

ジャロとパロがこちら側につこうが、ラジャルダにとってはエサが増えたくらいの認識しかないらしい。

だが、侮るなよー。今の二人は俺の邪眼で常人の何倍もの力を発揮する。

「いくぞオラァ！」

「ぶっ殺しやてやっかんな！」

気合いたっぷりすぎるジャロとパロが疾走して立ち向かう。

「ダハハ、飛んで火に入る肉の虫虫」

無数の血槍がラジャルダの近くの空間に現れた。やべっ、さすがに頑強になってるとはいえモロに受けたらマズそう。

「二人とも跳んでください！」

「は、何で？」

「あれは危険なんですっ、お願いしますから」

舌打ちしながらも二人は跳躍する。すげーギリギリのタイミングで彼らの足の下を血槍たちが通過した。

ふー、死体が増えなくて良かった……なんてやってる場合じゃないんだよね。血槍は真っ直ぐ俺に飛来してくるわけだから。

ジャンプして避けることもできたけど、『土操眼』で土壁を前方に展開して防ぐ。

さすがに分厚い壁は貫通できないようだ。

念のため、そっと壁から顔を出すと、ジャロとパロが思った以上に善戦してて俺の気分が盛り上がる。

オラオラ叫びながら、二人で拳をラジャルダの二つの顔面にそれぞれ叩き込んでいるのだ。

イケメン顔も髭顔も、ひでぶっ……みたいな顔しているので案外効いてるかもしれない。

よし、ここは俺も参加しよう。

最短距離を韋駄天走りで詰め、ダッシュがてら拳をラジャルダのみぞおちに叩き込む。

「俺も混ぜてくださいねっ」

「ぐおぅぅ……」「うえゥ……」

肉体の痛みは共通なのか、ラジャルダの二つの顔から悲鳴が漏れる。

「おう、三人で一気にやっちまおうぜ」

「楽勝だ、こんな野郎」

「はい、頑張りましょう」

まさにボッコボコ状態にする。

「あまりあまり調子に乗るな乗るな」

また血槍を虚空に作り出すラジャルダ。けど今回の三本は今までよりもずっと攻撃性が高い上、俺たちのすぐ近くなので結構ヤバイかも。

「さ、さすがにまずいんじゃないかジャロ」

「チッ、一旦引くしかねえのかよ」

「……待ってください」

今の俺には十を軽く超える邪眼の力が備わっている。その内、この状況に耐えられそうな……『破裂眼』で勝負してみようと思う。

これは文字通り物質を内部から破裂させるというものだ。人間を内部から破壊しようと考えたらバカ高い魔力量が必要となるが、物品なら十分対応できる。

魔力を多めに込め、これを血槍に試してみる。

パキパキキッと亀裂が生じ……。

「いけいけ、殺せ殺せぇ――エ？　エ？」

いけいけドンドンだったラジャルダの表情が一変するのは、ぶっちゃけかなり面白かった。

自慢の三本が破壊されて唖然としてるところを俺は狙う。ブォンと風を唸らせるようにしてアッパーをイケメン顔の顎下にお見舞いした。

何で髭顔じゃなくてイケメン顔かと言うと、主に嫉妬が動機だ。

ジャロとパロも続き、またボッコボコが始まった。こりゃ勝てるな、と確信した矢先、ラジャルダが地面に吐いた血が、時間巻き戻しするみたいに顔に戻っていく。

だが、口ではなく、顔全体にべっちょりと付着したのはさすがに引いてしまった。

「顔が、真っ赤になりましたね。気をつけてください、危険な香りがします」

こいつには人間をミイラにする血奪、そしてさっきの血槍の他に血化粧って能力がある。追い詰められて使ってきたと考えるのがいいだろう。

「どうした、もっと来い来い臆病者ども」

余裕たっぷりだが、これは罠だろう。俺は一歩引いた。ところがジャロとパロは挑発に乗って周り蹴りとか顔面に仕掛けるっていうね。

しかも当たったし。

「どうだコラア！」

「何かしたかしたか〜？」

「だったらここやってやんよっ、てめえ男なんだろっ」

ぎゃあああ、パロくん、ついに禁じ手を行ってしまう。男の大事なアレがついてる股間を全力で蹴り上げたのだ。しかも完全に潰す気満々らしく、つま先を思い切り立てていた。

悪魔も男の痛みは共通らしく、体を前屈みにする。

「パロくん何てことを……すごいナイスです！」

「だろっ」

グッジョブと俺が親指を立てパロが笑う、そしてラジャルダも爆笑する。は？　何でお前が一番楽しそうなんだよ。

「冗談冗談冗談冗談、痛くも痒くもない。人間どもの攻撃なんて」

「あ？　黙ってろグォオオオオ!?」

殴りかかったジャロがカウンターで逆にやられ、建物の壁まで体を飛ばされる。悪魔め、なんつーパンチ力だ。

「ジャロを、よくもっ」

パロも怒りの仇討ちパンチを打つものの、これまたラジャルダにはまるで通じず、蹴り一発で気絶させられてしまった。

まさかこいつ……

「物理攻撃が、効かないんですか」

「正解正解、こうなった俺は俺を止めることなど神でも……無理無理ぃぃぃぃ」

「――ッ」

あいつも身体能力が上昇してるらしく楽に肉薄され、胸を思い切り殴られて俺は地面をゴロゴロと転がる。普通に痛い上、呼吸止まってるから辛い。

「お前が一番一番強い。だから許さない」

ジャロとパロの時とは違い、追い打ちをかけてこようとしたので俺は咄嗟に土壁を奴の目の前に作る。一個だけじゃないぜ。続けざまに左右を挟むように隆起させ、最後の背後の土壁だけは上蓋もするような「の形で発動した。

これにより奴を閉じ込める箱が完成した。

壁は相当分厚くしたので時間は稼げる。

俺は体力を回復させ、パロとジャロの様子もチラッと窺う。ま、死んではないだろ。

「こっからどうするかだな」

動けるようになったので土箱の近くに移動。壁をぶっ叩く音が激しく響いている。

あくまで無効なのは物理攻撃だけでしょ？　魔力を乗せた攻撃まで効かないなら、世の中の誰も勝ち目とかないから。あんな奴が世界最強とは思えない。

ということで、今にも壊れそうな面の付近に俺は待機する。

「開けろ開けろ開けろ開いたァアア」

土壁の一面を拳でぶっ壊して出てきたラジャルダ、その一歩目を俺は狙った。

「何、これ。冷たい、冷たい」

そりゃそうだろ、『氷結眼』で膝下を凍りつかせてやったのだ。

「残り魔力も少ないんでね、これで大人しくなってくれ」

俺は引き続き『土操眼』を使用するが、今回は壁じゃなくて円錐形の土を隆起させる。

尖った先端がラジャルダの胸元を貫いた。

足下を凍らせてたため、避けることができなかったんだ。

「ウグゥ、アガァ」

「やっぱり、魔力を乗せると効くみたいだな」

痛みに喘ぐのに必死で俺の声も届いてないか。ここまで弱らせれば、多分いけるはずだ。

その勘は正しく、俺の封印魔法が綺麗に決まった。

〈動体視力が向上しました〉

〈魔力総量が増えました〉

『雷撃眼』の能力を得ました
『無効眼』の能力を得ました
『加熱眼』の能力を得ました
『未来視』の能力を得ました
何か、かなり豪華じゃないか。

や、数で言えば過去の方が色々得てたんだけど、今回は強そうなのが多い。

未来視とか何だよ、未来が視えちゃうの？

ただ今は試している時間はない。まだミーミがマリアンナと戦闘中だろうし。

まずはジャロとパロの怪我の具合を確認する。

「大丈夫ですか、立てますか？」

「お、おぅ……あいつはどうなった？」

「俺が倒しましたよ」

「マジかよ、すっげーなアンタッ。めっちゃ平凡そうな顔してるのに」

そこは余計な一言だからねー。

ともあれ、両者とも無事なので一安心したな。でも体がまだ重いというので、俺だけ先に館の中へ戻ることにした。

ミーミ、無事でいてくれよ。

29話　安息

二つ顔の悪魔を倒した俺は、室内にいるミーミの元へ向かった。

彼女の相手、マリアンナも相当な手練れなので苦戦しているはず。俺の魔力はそこまで残ってないけど、少しでも力になれれば。

「ミーミ無事か！」

俺はぶっ壊す勢いでドアを開ける。そしてすぐに、へっという気の抜けた声を出した。だって俺の想像していた壮絶な光景はそこに広がっていないかったから。

や、ある意味衝撃的か。四つん這いになるマリアンナと、それを見下ろすミーミ。

「タクト、そっちも無事だったのね」

「えーとうん、こっちは辛勝だったんだが……。ミーミは、そうでもないみたいだな」

特に傷を負った様子もなければ呼吸も乱れていないというね。

他大陸のエルフさんは、やっぱりとんでもない強さを誇るらしい。

「クゥッ、この私が手も足も出ない、なんて」

「お仲間の悪魔はタクトが倒してくれたみたいよ。もう、観念しなさいな」

「貴方には、色々と教えてもらいますよ。特にケイヒのこととか」

こんな状況にもかかわらず、ケイヒの名前が出るとマリアンナの表情が柔らかくなる。どんだけ好きなんだよ。

「ああケイヒ様、愛しのケイヒ様、マリアンナは負けてしまいました。申し訳ございません」

「ケイヒは、非道になってでも、世界を支配しようとしているんですよね。よく、そんな男を尊敬できますね」

「ケイヒ様の尊さが理解できないなんて、可哀想な人たち」

クスクスとあざ笑うマリアンナに俺は違和感を覚える。追いつめられているのに随分と余裕だよな……。拷問されても絶対に口を割らない自信があるのか？

少しイラついたようにミーミが長杖をマリアンナの首もとに突きつける。

「ケイヒはいつ戻ってくるの？」

「心配せずとも、近い内に戻ってきますとも」

「そう、あなたにはケイヒのこと、全部話してもらうわよ」

「誰が話すと思います？　私が親愛なるケイヒ様を裏切るとでも？　馬鹿なことも休み休み話してくれませんこと。――あぁ、マリアンナは天よりその偉業を見届けさせていただきます。ケイヒ様に永遠の栄光あれ」

「ヤバいミーミ！　止めないと！」

手に隠し持っていた小さな薬を口の中に放り入れる――その動作は一瞬。まるで何度も訓練したみたいに速い。

俺とミーミは口を開けて取り出そうとするが、それより先にマリアンナが苦しそうに目を見開き、意識を失う。気絶なら良かったけど、そうではないようだ。

呼吸や脈がもうない。

「意地でもケイヒのことは話さないってわけね」

「心酔しきってたもんな。ケイヒのためなら何でもする、か。こんなのがいっぱいいるんだろうな」

「でも悪くない結果よ。相手の戦力を減らせたって意味ではね。もうすぐケイヒが帰ってくるのもわかったし」

一応、室内を探してケイヒに関する物がないかを探したけど、特に気になる物はなかった。そうこうしてるとパロとジャロがやってきて、室内の燭台とか金目の物を根こそぎ取ってバイバーイと満面の笑みで去っていく。

あの逞しさ、見習うべきか反面教師にするべきか。

「あたしたちも帰りましょう。マリンたちに報告した方がいいわよね」

「そうだな。死体の処理とかもどうするか意見もらおう」

何よりヘトヘトなので、俺たちは我が家へ帰ることにする。

「ただいーまーー」

家に着くなり、キューが元気よく迎えに来てくれて疲れが吹っ飛ぶ気がした。癒やしって大事よね。俺は頭をよしよしする。

「キュー、それは俺たちの言葉だぞー。キューはおかえりって言うんだ」

「おかえーりー」

「はーいただいまー」

「おかえりなさいませ、お兄様。——あ、怪我をしているじゃありませんかっ」

戦いで手にできたかすり傷だ。大したことないのだが、マリンはすぐにそこに手を当ててヒールをかけてくれる。

マリンは、ヒール〈+軽症治癒〉があり、これくらいの傷はすぐに治せる。傷口が温かくなると同時に痛みが引いていき、すぐに傷自体がなくなってしまう。

「助かるよマリン」

「いいえ、お兄様のお体のためなら、何でもいたします」

「あなたたち、兄妹愛に溢れているのねー。結婚しちゃったら〜」

ミーミがからかうように言うと、マリンが真顔でコクッと頷いた。

まあ冗談はさておき、俺たちは中に入り、マリンと爺ちゃんに今日起こったことをありのままに話す。

二人とも、ほとんど表情を変えなかった。もうちょっと驚いてくれると思ったんだけど。

「グリモワール教のケイヒが、そういう人間だというのは掴んでおりました。ただ王族の中に、彼を過剰に保護する者などがいて、中々手を出し辛かったのです」

マリンの話だと、王族や貴族の間でも意見がわかれているらしい。ケイヒの危うさに気づく者、知っていて利用しようとする者、ケイヒに懐柔されている者。

中々複雑でよくわからないが、王側が動けなくても俺たちは十分対応できる。

「今日のところは、お兄様たちはお休みください。あとは私たちで処理しておきますので」

「じゃあ、そうさせてもらうよ」

「お願いするわね」

俺とミーミは二階に上がる。キューもくっついてきた。

「タクト、今日は頑張ったわね……なんて偉そうね。あたしの方がずっと年下なのに」

「まあ精神年齢は俺の方が若いと思うよ？」

プッと吹き出した後、ミーミは突然俺を包み込むかのように抱きしめてきた。

「お疲れ様のハグよ〜」

男にはないふかふかが胸に当たって心地よい。

「きゅーもー」

「あら、いいわよ」

「ちょ、キュー、今は控えて欲しいのに……」

キューも混ざったのでよくわからないハグになってしまったな。でも楽しいからいいか。

「これから、またケイヒの相手なんかで大変になるかと思うんだけど……本当にタクトはいいの?」

俺は闘いたくない。そう告げれば、きっとミーミもマリンも爺ちゃんもそれを受け入れてくれるだろう。

そして過去の引きこもりだった俺なら、もしかしたらそうしたかもしれない。

けど今は、家族やキュー、そしてミーミを守りたい気持ちの方が戦いの恐怖を余裕で勝っている。

「覚悟はあるよ。みんなで協力してケイヒを何とかしよう」

「わかったわ。頑張りましょう! もし戦いにかったら何かご褒美あげるわね」

「ご褒美……ごくり」

「何でもいいわよ。マッサージでも熱いハグでも、何なら一晩付き合うなんかでも……」

豊満なボディを前に、そんな発言されたら誰だって真顔になるよな。

だが普通にジョーダンのつもりだったらしい。

「やだ、本気にしないで。さすがに一晩はちょっと」

「だ、だよなっ。いや俺だってわかってたよ、ジョーダンだってさー」

「わかって、なかった〜」

やめなさいキュー、そういうとこだけ妙に鋭くなるのは。スイスイ空中を泳ぐキューをミーミは捕まえ、胸に抱く。

「今日はあたしと一緒に寝ましょうね、キュー」

「ねるー」

ミーミとキューは上機嫌にベッドに向かう。

くぅ、俺もいつか、あんな風にされたいもんだ。

羨ましいなーと思いつつ、俺も床につく。

……今日は激動の一日だったけど、敵の戦力は減らせたし、悪くはなかったな。

悪魔を吸収できたことで、俺の魔力量も相当なものになっている。何より、邪眼の力がより強固なものへどんどん進化しているのはガチで嬉しい。

決戦に備えて、明日は新しい力を試してみようか。

30話　邪眼を使いこなせ

西から吹く温風が草原に生えた草をさわさわと揺らす。俺は心地よい風を頬で感じながらも前方にいるターゲットから目線を外さない。

今、眼前にいる三人の敵を分析するとこうなる。

その一、マリン。

能力は『五雷玉』『雷矢』『ヒール〈＋軽症治癒〉』『魔法障壁〈無色〉』

その二、セシル。

能力は『縮地』『風四撃』『暴風』

その三、ミーミ。

能力は『連火球』『風破斬』『土針』『氷結弾』

いくら俺が成長してるとはいえ、こんなん勝てるかーーーっ！　と投げ出すわけにいかない。なぜならこれは俺から申し出た戦闘訓練だからだ。ちなみに本来ならキューもあの三人に加わるはずだったんだが……

「ちょちょ、かわいー！」

蝶々に夢中になりスイスイ飛行しているので頭数には入れない。

本日、俺が試したいのはあの二つ頭の悪魔を吸収したことによって得られた邪眼の力だ。

雷撃眼、無効眼、加熱眼、未来視と得たので、まずはどれから試そうかな。迷っているとミーミが右手を上げて言う。

「いくわよタクト」

「うわ、もうっ」

それでも合図してから攻撃してくるあたり実戦よりはいくらか優しい。ミーミは複数属性を扱える天才エルフだけど、今回は氷結弾を放ってきた。いずれも足下を狙ってきたので、俺は軽やかなステップで回避してみせる。

「よっ、ほっ、わっふー」

正直気持ち悪いことこの上ないけど、このかけ声があった方がなぜかジャンプ力がアップする三十歳です。

「やるじゃない、でも横に気をつけてねっ」

パチってミーミがウインクした瞬間、サイドから土が隆起して俺に襲いかかってくる。土針だろう。さすがに俺を貫く気はないのか先はあまり尖っていない。

ごろんと前転して難を逃れ——甘かったぁ。ピシピシ、とミーミの氷結弾が足下に飛来して両足が凍り付いちまった。

何これ冷たいし全然動かせない。

「動き止めちゃダメよ。連撃する敵も多いから。さて、トドメいっちゃおうかしら」

「グゥ、そう簡単に負けられ」

ない！　と俺は加熱眼を発動する。初めて使うので、文字案内がどんな能力か説明してくれた。

【限度はありますが、物体を加熱することが可能です。他の邪眼と同じく魔力量を消費します。加熱しにくいものなどは多大な魔力を使うこともあります】

わかりました、俺は早速足の氷を眼力込めて加熱する。

ジュウゥ、という音がするわけでもないが、かなりの勢いで氷が溶けて身動き可能になった。やったぜ。

「あら、何したの？　すごいじゃない……」

「じゃあ次は、わたしねタクちゃん」

おっとと、お次は近接戦を得意とするセシルが相手のようだ。まともな状態では闘えないので俺は身体強化眼で自分を強くしておく。

ちなみに俺の今の魔力量だが、何と七十万を超えている。一番多いマリンです六十八万なのだから、これがいかにぶっ飛んでることやら。クソッタレの悪魔どもを苦労して封じ込めてきた甲斐はあるよな。

多少無茶な使い方をしても問題ないため、十万ぐらい身体強化に消費した。

腰を落としたかと思ったら、セシルは刹那の間に俺との距離をほぼゼロにする。嘘でしょ、今五メートルくらいは距離あったよね？

縮地を使用したのだろうけど、動作が速すぎる。掌底が顔に近づいてきたので俺は急いで下がる。

おっとと脚力ありすぎて下がりすぎちまったわい。

「む、タクちゃんの動き鋭い」

「そうかい。セシルは今日も可愛いよ」

「……嬉しい、けど手加減はしない」

あらダメなのね。おじちゃん悲しい、とか冗談もやっていられない。何のための訓練だよ俺の阿呆。未来視使ってこうぜ。

【大量の魔力を消費して一秒〜数秒先の未来を視ることができます。ただし自分が目を向けていない先は知ることができません】

相手から目を離さなければ、動きがわかるって解釈でいいんだよな。セシルの怒濤の攻めが凄まじすぎてやられそうなので、さっそく未来視を発動！　初めてということもあり
……これはっ。

残像のようなものが見え、セシルの行動がわかる。や、本物のダブるから少し難しいのだが、何とか何をやっているか判断はつく。

今セシルは立っているのだが、一秒後にはしゃがんで足払いを仕掛けてくるみたいだ。

「ジャンプ」

「ぁ!?」

セシルの足払いは俺の足裏の下を綺麗に通過した。素早く魔力量確認したら、今のだけで一万以上も減ってたから、やはり消費量は大きい。

とはいえ、まだ余裕があるのでもう一度。

次は左手で顎下に掌底からの、中段回し蹴りか。何その流れるような動き。可愛いのに凶暴感がとんでもない。

俺は一発目の掌底を中腰になって無効にすると、セシルの両膝に手を置いて動けないようにする。

「あ……」

「回し蹴りは痛いから。えい」

セシルの腹に頭突きをして、相手が背中を丸めた隙に急いで場を離れた。

「完全に攻撃、読まれてた……。タクちゃん、天才」

キラキラした眼差しを注がれたので、俺は右斜め四十五度の決め顔を向けておく。ズルしてるので天才とはほど遠いけども、別に修正しなくてもいいよな。

「では次は私が。よろしくお願いしますねお兄様」

弾むような笑顔が眩しい俺の妹、マリンがついに動き出した。

まず最初の動作は自分の体に触れ、ヒールを発動させるというものだった。光が一瞬漏れたので気がついた。

ヒールってのは自然治癒力を跳ね上げる効果を持つ。免疫力が上がったり体調が良くなったりするけど、傷などを治すのはあくまで徐々にといった感じ。ところがマリンのは軽症治癒があるので多少の怪我なら瞬時に治すことも。

今、ヒールをかけたのは、戦闘中に多少の傷は放置できるようにだろう。

さらにもう一つ、やはり俺のことを考えてくれてヒールをかけたのだ。

覚えたものの中に、無効眼ってのがある。

【自分や他人にかけられた魔法の類いを、良いものであれ悪いものであれ無効化します。魔力は無効に必要だった量だけ消費します。ただし残魔力で無効にできない場合は、発動しません】

無効化できない時は魔力が減らない……というのは良いが、仮に成功した場合でもリスクがあるよな。だって打ち消すまで、どれだけ魔力消費するかわからないのだ。

無効眼を使ったら、残り魔力が一になりましたーなんてのも無くはないのだろう。

とはいえ、物は試しなので。

「入るか……！」

無効眼が成功したのは、マリンが目をわずかだが大きくしたのですぐにわかった。

「さすがですね。ヒール効果、完全に消えてしまったみたいです」

やはりそうだ。さあ魔力はどのくらい減ったか……二十万だと⁉　マリンが凄腕ってことも関係するのかもしれないけど、にしてもガッツリ減少するね。これはむやみに発動せず、使いどころを考えていかねば。

「お兄様、いつでもいらしてください」

マリンが両手を開くと、キランと一瞬何かが光った。目を凝らせば、透明の障壁が張られているとわかった。

魔法障壁〈無色〉だな。

魔法を撃ってきていいという意思表示なので最後の邪眼、雷撃眼を俺は撃つ。

【雷撃で敵を攻撃することができます。視界の範囲内であればどこからでも撃てますが、自身から離れたところを発生源にすると威力が落ちたり、多くの魔力を必要とします】

まずはスタンダードに目から迸らせる。うねるような雷撃がマリンを襲う。障壁に阻まれ彼女には届かないけど、かなりの威力を誇る。弱い魔物なら一発で天国送りも夢じゃない。

次はマリンの右側……そうだな、だいたい五、六メートルくらいの位置から雷撃を発生させて攻撃してみる。

……あぁ、やっぱり破壊力が落ちるな。

「今の、さっきより弱かった？」

「はい、初撃より落ちてました」

「じゃもう一回いくぞー」

そういう場合は、多めに魔力を込めることで威力を落とさず、トリッキーな位置からも雷撃を撃つことができるようだ。

一度やってみて感想を聞いたら、初撃並に上がっていたと言うから安心。問題は、正面から走らせたときに比べ、魔力量が二倍から数倍消費してしまうことか。

まあ、便利なので当然っちゃ当然かな。

三人の協力もあり、新しい邪眼の力は一通り試すことができた。ふと、気になっていたことをマリンに訊いてみる。

「魔法障壁って無色以外もあるんだよな？」

「ええ、色がついてます。赤色なら炎属性を防ぎ、青系なら水属性、緑系は風属性、茶色系は土属性、黄色なら雷属性……などなど」

逆に言えば、色に合わない属性魔法は防げないってことだ。

「マリンの無色は、雷は防げるんだな」

「雷というか、全属性を防げるんですよ」

「しゅごい……」

マリンの優秀さに下顎が震える。ミーミとセシルも絶賛している。

「マリンって天才よね。タクトの邪眼も凄いけれど」

「……天才兄妹、だね。タクちゃんもマリンさんも優秀だよ」

「いえ私は大したことありませんよ。お兄様のポテンシャルが百だとすれば、一くらいのものです。ね、お兄様」

いやん、マリンの笑顔が俺のハートにストレート。つーか、ガチでやり合ったら俺なんて絶対勝てないんじゃないかと思う。

だって攻撃通じないじゃん？　あの障壁の前ではさ。

「とにかく、一度街に帰ろうか」

「はい。もうすぐお昼ですし、お爺様も一度帰ってくると思います。私が料理を作るので皆さん一緒にどうですか」

「やったわー、マリンの料理超美味しいんだもの！」

「わたしも、食べてみたい」

「じゃキューも回収してみんなで昼飯だぜー」

ちなみに爺ちゃんは、昨日のマリアンナの館を念入りに調べている。俺たちよりも勘も経験もあるから、何か貴重な情報を掴んでいるかもしれないな。

蝶々探しに忙しいキューをどうにか確保して、俺たちは街へ足を向ける。

もうすぐケイヒと対決しなくてはならなくなる——かもしれない。そういう意味では、今日の能力の訓練は非常に成果あるものだった。

俺の覚えた邪眼もここまで成長したし、だいぶ便利になってきたぞ。


文字案内、魔力流感知眼、魔力量感知眼、魔素感知眼、感情感知眼、睡眠眼、パーソナル鑑定眼、プライベート鑑定眼、麻痺眼、健康感知眼、土操眼、色光眼、毒眼、気絶眼、身体強化眼、発情眼、透視、暗視、氷結眼、破裂眼、速度鑑定眼、雷撃眼、無効眼、加熱眼、未来視

よーここまで増えたもんだ！

31話　脅威の魔人

邪眼の訓練は何とか終わった。

昼になり、みんなお腹がグーグーなので四人＋キューで街に戻ることにした。他愛もない会話をしながら歩いていたんだけど、街が見えてきたところでキューが不思議そうに言う。

「けむりー？　何でけむりでるー？」

これに即答できる人はいない。だって、俺たちもなぜ街から煙が上がっているのか全く理解できないからだ。

「火事じゃないの？」

ミーミの疑問にマリンが首を横に振る。

「街のあちこちから上がっていますし、それはないかと思います」

そう、かなり離れたところから複数上がっているので、ただの火事ではないのは明らかだ。

「急ごう」

どうにも嫌な予感がするので俺はみんなと一緒に急いで街へ戻る。すぐに異常事態だとわかったのは、門の入り口から多くの住民が慌てて逃げ出してきたからだ。

その中の一人をどうにか捕まえて俺は中で何が起きているか訊く。

「この騒ぎ、何があったのですか？」

「灰色の皮膚をした男が、中で暴れまくっているんだ。建物は燃やすし、人は襲うしで酷い有様だ。今、兵士たちが対応に当たっているけど、あんなの勝てるかどうか……」

彼はそう言うと、自分は少しでも遠くへ避難すると走り去ってしまった。独り身なんだろうか、家族はいないんだろうか。少なくとも俺には爺ちゃんがいるわけで、かなり心配だ。いや、爺ちゃんはめちゃくちゃ強いから安心はしているけど。

「……灰色の皮膚……もしかして」

「セシル？　心当たりがあるのか？」

「書物で呼んだことある。魔人が、そんな皮膚をしてるって」

「魔人が⁉」

俺は驚いて腰が抜けそうになる。魔人ってのは、元は普通の人間なのだが、特別な状況下でないと生まれないと言われているからだ。

まず前提として、多寡など個人差はあるものの人間誰でも魔力を有している。魔法の使いすぎなどで魔力を失うと、体調が崩れたり気絶したりするのだが、大抵は時間とともに快癒していくことが多い。人は、魔力を失うと自然と大気中から魔素を吸収する機能を備えているからだ。

ところが、とある条件下——魔素の濃度がとても濃い場所で魔力を失った場合、困ったことが起きる。濃度が濃い魔素を吸い過ぎて、自身が本来保てる魔力を越えてしまうことがある。

その結果、肉体がおかしくなってしまう。肉体が変質、強化されるかわりに自我を失って非常に凶暴な猛獣のような存在になるんだ。

「仮に魔人だとすれば、緊急事態ですね。下手をすれば街が潰されてしまう可能性もあります」

何十年かぶりの危機でもマリンはとても冷静だ。

「お兄さまたちはここで、避難してくる方たちを守ってもらうことはできますか？」

「いやできないよ」

俺が即座に返答するのは、マリンが何を考えているかわかってしまったからだ。

「魔人と俺たちが戦わなくていいように、そう言うんだろう？　そして自分は魔人と戦うつもりなんだ」

「それは……」

マリンはいつも俺の身を第一に考えてくれている。ここで避難民を誘導していれば、魔人と戦って怪我をすることはないから。

「俺も長年、部屋に引きこもってかっこわるいところ見せちゃったからな。兄としてそろそろカッコつけないと」

「お兄様……それなら、一緒に戦っていただけますか」

「もちろん。俺の邪眼とマリンがいれば絶対負けないだろう」

「はい！」

俺とマリンが見つめ合っていると、ミーミとセシル、そしてキューまで視界にグイグイ入り込んでくる。

「あたしも戦うわよ！　ここで引いたら酷い居候になっちゃうじゃない」

「わたしも、戦う。タクちゃんを守る」

「きゅーも！　たたかうー！」

「ありがとな、みんな。力を合わせて街を守ろうぜ」

オーッという心地良いかけ声が揃った。結局、全員で街の中に入る。

敵の位置はわからないけど人が走ってくるところを逆走すれば元凶にたどり着くだろう——その考えは大正解で、大通りのど真ん中で暴れている魔人を発見する。

背丈や顔つきは青年っぽいが先に聞いた通り皮膚が灰色であり、白目の部分が真っ黒。しかし虹彩は鮮血のように赤いため、不気味な容貌で人々が恐れおののくのが理解できる。気味悪いという感情に囚われた俺を、聞き慣れた声で呼ぶ人がいた。

「タクトよ、戻ってきたのじゃな！」

「爺ちゃん⁉」

ああそうか、騒ぎを聞きつけた爺ちゃんが魔人を足止めしていてくれたのだ。

よく見りゃ、服の一部が焼かれたようになっている。というか、爺ちゃんも炎系の使い手なんだけど……押されてるのか。

「お爺様、なぜ魔人が誕生したのです？」

「マリンよ、今は説明よりあやつらを止めるが先じゃ」

「あやつら……敵は複数なのですね」

「魔人は、二体いるんじゃよ」

あんなに苦々しい表情をする爺ちゃんは初めて見たかもしれない。街のあちこちから煙が上がっていたのは複数の魔人が同時に暴れていたからなんだな。

一体でも街一つ滅ぼすこともできるという魔人が二体もいるなんて……街中がパニックになるはずだ。

「人間……殺ス……、建物……壊ス……、命令、守ル……」

俺たちを敵視した魔人が腕を伸ばし、荒ぶる火炎を手先から放つ。爺ちゃんもよく使う火炎放という魔法だけど、威力が尋常ではなかった。俺たち全員を呑み込むような火炎の勢いなのだ。

「皆さん、私の後ろに」

マリンが魔法障壁を張り、全員が背後に入る。

「……う、ここまでの威力なのですか」

ピキ、ピキと障壁から音が漏れてきて、それは限界が近いことを示している。信じられない、あのマリンにも勝る勢いなんて……。

「魔法で援護したいが、障壁を解いてもらわねばならぬし、今は耐えるしかないのかのう」

マリンの障壁があるのでこちらも魔法をぶっ放すことは難しい。とはいえ、要は障壁にぶつからないように攻撃すればいいわけだろう？

「俺がやってみるよ。……雷撃眼」

魔人の斜め前方らへんから生じた雷撃が見事にヒットして、やかましい炎が止んだ。

「今こそ、みんな一声にたたみかけるのじゃ」

「任せなさい！」

「わたしも、撃つ……！」

爺ちゃんが炎追槍という槍を象った炎を、ミーミが風破斬を、セシルは風四撃という風の塊を四つ飛ばして反撃する。

どれも見事に命中して、俺はやったと拳を固めたのだが、すぐに勝利には至っていないことに気がついた。

魔人の前に、どうやら障壁が張られているみたいなのだ。それもマリンと同じ無色のものであり、軽々と全ての魔法を防いだことからも強力であると判断できる。

張ったのは何と、魔人。だが今まで闘っていた奴じゃなくて別の、女型のタイプだった。まさかの魔人合流なのかよ……。

「魔人護ル、ジャマモノ、殺ス、メイレイ」

「あいつら、さっきから命令って言ってるけど、親玉の魔人でもいるのかな」

俺の疑問に、爺ちゃんが早口で答える。

「おそらく、操っているのはグリモワール教団のケイヒじゃ」

「ケイヒ……やっぱりあいつが。もう帰ってきてたのか」

「午前、城に向かったところを目撃した者がおる。それにマリアンヌの家を調べていて隠し部屋を発見したんじゃよ。そこに女の日記があった。魔人を操る術をケイヒが覚えた、ボカロのお宝で魔素の濃度がわかるようになった、と書いてあったんじゃ」

　これで全てが繋がった。ボカロのお宝――モノクルで魔素の濃度を調べ、魔素が濃いところで手下を魔力枯渇状態にしたんだ。そうして魔人を生み出し、その後に術で従わせる。

　爺ちゃんが険しい顔で話す。

「マリンよ、ここはわしに任せてケイヒを討つのじゃ。あやつが最も危険」

「……わかりました」

「俺も行く、さすがのマリンでも一人じゃ厳しいはずだ」

「お言葉に、甘えます」

「ただそうなると爺ちゃんが」

　いくら炎魔法の名手といえど、さすがに魔人二体相手は厳しすぎるものがある。

「あたしはケイヒを倒すのが目的なんだけど……まずはお爺ちゃんとこいつらを何とかするわ」

「わたしも、街を護る。タクちゃん、すぐに追いつくね」

「二人とも、絶対死なないでくれよ。キューはどうする？」

「いくー」

　俺たちについてくるみたいなので、身体強化眼で身体を強化しておく。

「じゃ爺ちゃん、任せたぞ」

「こっちは余裕じゃ。もしケイヒに勝てないと思ったら引くのじゃぞ、無理はしてはいかん」

　俺は親指を立てて合図すると、マリンとキューと一緒に横道に入っていく。

ケイヒはまだ城にいるのだろうか？だとしたらそこに向かうのが一番速いだろうけど……その前にやっておいた方がいいことがあるな。

32話　ケイヒの野望

マリンとキューと一緒に城へ行くと決めたはいいんだけど、もしケイヒがいたら戦闘になってしまうだろう。

その際、俺にはどうしても不安が残る。実力的な話ではなくて、魔力量の話だ。かなり減ってるのでここらで回復させておきたい。

「なあ道具屋に寄ってもいいかな？」

「魔力水などを必要としてるのですね」

「さすがマリン、その通りなんだ」

「向かってみましょう」

この騒ぎだし店主も逃げ出した可能性は高いけれど、その際はお金を置いていくか後で支払いすればいいだろう。

ちなみに道に一般人は道にほとんどいない。兵士や火消しの人が砂をかけたり水魔法などで燃えている火を消そうとしている。

手伝いたい気持ちはあるが人手はあるみたいだし、邪魔になるかもしれないのでここはスルーさせてもらった。

吸血鬼アロードを退治する前、一度利用したことのある道具店に到着した。ドアを開けると、とてもハキハキした声で挨拶が飛んでくる。

「いらっしゃいアル！」

「おぉ……いたんですか……」

てっきり逃げてると予想してたのに、ニコニコ顔で出迎えられた。あの変な語尾は健在のようで安心した……いやそこはどうでもいいな。さすがに客はゼロだった。

「魔人現れたんですけれど、聞きましたか？」

「聞いたアルよ」

「逃げないんですね」

「自分の店置いて逃げるくらいなら死んだ方がマシある。それに客がくるかもしれない思ったアルよー。実際、来たアル」

グッと親指を立てる店主がとてつもなく格好良く映る。顔は普通よりも少し良くないかもしれないが、男はハートだということが彼を見るとよくわかるよな。

自分の店を命より大切にできるって普通なかなかできないよ。

俺が感動していると、マリンが店主に欲しいものを伝える。

「魔力を回復する類いのアイテムが欲しいのです。お金は後で支払います。担保はこれで如何でしょうか」

「これ、黄金カードアルか⁉　初めて見たアルよ〜、ほえー」

差し出された金で装飾されたカードに店主が驚きまくってる。王族も認める超一流の人間しか保有できないもので、売れば相当な金額になるものだ。また持っているだけで、社会的地位が高いことを示せるため、非常に有用なものである。

「凄いお人アルねー。待つアルよ、今持ってくる」

店主が店内からアイテムを集めてカウンターテーブルの上に置いた。魔力水と首飾りと指輪の三点だ。

「超魔力水、魔力の首飾り、魔力の指輪アルよ」

超魔力水は、前飲んだやつの強化版だとして、他の二つを説明してもらう。

「どちらも身につけると魔力が回復していくものアルよ。ただし回復できる魔力量には限界があって、それを超えると壊れるアル」

俺の場合だと、普通の人より遥かに多いので、全回復までいかないかもしれないな。とはいえ、優秀なアイテムに違いないので俺はその二つを装備し、さらに超魔力水を飲んだ。

邪眼で魔力量を確認してみると、かなりのスピードで失われていた魔力が戻ってくる。

これで魔素の濃いところにいけば、一気に回復できるかもな。まあ、今はそんな時間がないのでこのまま城を目指す。

「また寄るアルよ～」

「また利用させてもらいますー！」

店を出てから城へ向かう。視界に城が収まるようになると立派に舗装された道は幅広くなってくる。馬車や兵士などが大勢でも通りやすいように、こうなっているのだが、今日に限れば壮観で素晴らしいという感想は絶対に出ない。

城の入り口は破壊され、護衛だと思われる兵士たちが多く倒れているからだ。

「大丈夫ですか？　……ダメだ、事切れている」

「お兄様、こちらの人も同じみたいです」

一人残らず、殺されている。惨劇を引き起こしたのはやはりケイヒなんだろうか。

キューが突然、俺の前に飛んできて入り口を指さした。

「タクトー、なにかくるよー？」

何かとは誰かで、その誰かを俺たちは知っていた。

「……ケイヒ、やっぱここにいたのか」

以前会った時と同じ穏やかな表情、知的でありながら何でも受け入れてくれそうな微笑を湛えあいつは城から出てきた。

「貴方、何をしたのかわかっているのですか」

マリンの語調は平素と比べて荒ぶっていた。怒気がこもるのは当然だった。あいつの、ケイヒの右手にはとんでもないものが握られているのだ。

「マリンさん、それにタクトさんですね。そちらの小竜は初めましてでしょうか」

「お前、顔色一つ変えずに……その首は、王様じゃないのかよ……」

「あぁこれのことですか。何かの記念にと思って持ってきたのですよ。とても欲しい物、というわけでもありませんが」

寒気で背筋がゾクゾクとしてくる。頭がイカれてるなんてレベルじゃない。ケイヒはこちらを観察して、淡々とした口調で話す。

「僕の作った魔人をもう倒しました？　それとも僕を先に倒そうという考えでしょうか」

「命令って言ってたけど、あれはやっぱりお前の仕業だったんだな」

「素晴らしいでしょう？　あの元となった人間、大した実力者でもないのですよ。それがあそこまで闘えるようになるのです。ボカロのお宝で魔素を感知、そこで魔力を使わせるだけで魔人が量産できます」

濃度の濃いところで魔力を使い果たさせ、魔人を作り出す。こいつ自身は魔人を操る魔法をすでに会得しているから、信者を使って魔人兵を大量に生み出すことができるってわけだな……。

「そんな顔をしないでくださいタクトさん。貴方のせいじゃありませんよ。ボカロの宝がなくとも、遅かれ速かれ魔素の濃度感知魔法は生み出していましたした」

「何が狙いなんだ、この大陸の王者にでもなりたいのかよ」

「アハハハハ！」

珍しく相好を崩して笑うと、ケイヒは右手の王様の顔を眺め、やがて飽きたみたいに地面に放り投げた。

「こんな小さな大陸の王で満足していては仕方ありません。僕が目指すのは世界統一です」

「他大陸も支配する、ってわけか」

「選ばれし者の宿命でしょうね。魔人の大量生産が叶えば、リスクを追わずにリヴァイアサンを始末できます。そこから他大陸へ進出、全ての僕の手中に収めるつもりです」

アホなことを本気で口にしている。リヴァイアサンはこの大陸に入ろうとしたり、逆に出ようとしても問答無用で攻撃してくる。

ケイヒは、やろうと思えば勝てるのかもしれないが、無傷で勝利を収めるのは難しい。そこで信者を魔人にして突撃させ、自分の手を汚さないつもりだ。

こんな卑怯なやつに世界が支配されるなんて信じたくないけど、グリモワール教団の奴らがもし魔人に変化したらと考えると……。

「マリン、こいつは絶対にここで止めよう」

「はい。彼をここから逃がせば、ミーミさんのお婆さんの予言が当たってしまうかもしれません」

「きゅーもがんばってたたかうー!」

「敵は強いかもしれないが、みんなで協力すれば絶対に倒せるはずだ」

こちらが闘気を全開にしてもケイヒは余裕なのか不敵な態度を維持している。

「僕はタクトさんやマリンさんとは闘いたくはないのですよ。貴方がたはこちら側の人間ですから」

「心外だよ。俺やマリンが血も涙もない殺人鬼だとでも言いたいのか」

「そうではありません。そうですね、生ける屍ではないという意味です。世の中の連中ときたら、自分の頭で考えられない者たちばかり。仮に多少考えがあったとしても行動力が足りない。しかし、貴方たちはそうではない」

両手を広げたかと思うと、ケイヒは芝居がかったみたいに右手を前に出す。

「意思があり、行動力があり、実力もある。素晴らしい人だ。ぜひ、僕の創る新しい世界を共に生きていきたいのです」

「返事が必要なら答えるよ。お断りだ」

俺の雷撃眼による電撃がケイヒの上方から放たれ、何の迷いもなく敵を打った。

33話 VSケイヒ

雷撃眼による攻撃をケイヒは完璧に防御した。頭上に魔法障壁を張ったんだ。

俺の雷撃では障壁にヒビを入れることすら叶わないらしい。しかもマリンと同じ無色なので、炎系や氷系も防がれてしまうだろう。

「きゅおー！」

茫然とする俺とは違い、キューは勇敢だった。何の迷いもなくケイヒに突進して行く。今やキューの飛行速度は俺の邪眼ですら、相当な速度に映る。

さぞケイヒも苦戦するかと期待したが、軽やかなステップでキューを軽々とかわす。ターンして再度挑戦するも、結果は同じ。以前山で一緒に宝探しした時、ケイヒは魔法主体の戦い方だったが、接近戦にも相当に長けるのか。

敵に感心してる場合じゃない。俺は隙を見て氷結眼を使用する。足下を凍らせようとするがジャンプされて無効にされる。

「こっち見てなかったよな……」

「お兄様、諦めずに続けましょう」

マリンも雷矢という魔法を放つ。普通、この魔法って矢の大きさが、本物と同じくらいなんだけど、うちの妹のは格が違う。

何倍もサイズアップした雷の矢がケイヒを容赦なく襲う。

「――む」

さすがのケイヒの表情にも焦りが見える。バリッと障壁にヒビが入ったのだ。

俺もいこう！　雷撃眼を発動、障壁を破壊するには至らなかったけどヒビがますます大きくなっていく。

「これでお終いです」

きた、マリンお得意の五雷玉。彼女の周囲を回る五つの雷属性の輝く玉が、次々に障壁に飛んでいくと、ケイヒの障壁を完全に破壊した。

「障壁が……さすがに三対一は厳しいですか。では――」

ケイヒは正面から飛んでくるキューを手づかみすると、地面に一度叩きつけ、それから城の二階に向かって全力投球した。

「きゅっ⁉」

その腕力たるや常人を遥かに超えていて、飛ばされたキューは城の堅牢な外壁を派手にぶっ壊して視界から消えてしまう。

「キュー！」

俺は叫んだのと同時、とても嫌な気分に見舞われた。首筋に冷めたい感触。指だ。ケイヒの。俺がキューに意識を奪われたわずかな間に、隣まで移動していた？

「お兄様に、何を⁉」

俺を助けようと、マリンが焦って手を伸ばす。それが、ケイヒの狙いだったのかもしれない。マリンの伸びきった腕を取り、そのまま投げ飛ばしたのだ。

「隔離魔法、発動」

ケイヒが両手を伸ばすと、立方体の障壁のようなものができてマリンを閉じ込める。

どうも音すら遮断するようで、マリンが叫んでいるが声が聞こえない。そこで俺は肉体強化眼で自身を強くして、全力でケイヒに剣を振るが、あっさりと逃げられた。

隔離している障壁を切りつけるが、全然刃が通らない。無効眼、なら何とかなるか？　いやマリン本人にかかってるわけじゃないので無理か。

「無駄ですよ、タクトさん。私の得意とする魔法で、いくらマリンさんといえど十分は閉じ込められたままです」

「一人ずつ倒していく、って手か……」

「貴方がたは強い。二対一では、私も勝ち目がないのです」

そう言うと、ケイヒはまた妙な魔法を使う。空間にぐにゅりと歪みが生じ、そこに手を入れてレイピアを取り出したのだ。

「フフ、ただ武器を別空間から取り出しただけですよ」

「隔離魔法、空間魔法。珍しい魔法ばっかり、覚えてるな」

「とある方法で、他人から奪うことができるんですよ。タクトさんの眼の力も、ぜひいただきたいものです」

「どうせ、死体が必要とかなんだろ」

「正解、です」

うわっと。俺は剣を上げ、猛進ながら繰り出されたケイヒのレイピアをガード。

こいつ多分、セシルと同じ『縮地』をマスターしてる。それも他人から奪ったのかもしれない。俺は辛うじて剣で対応しながら、相手を睨みつける。

「あんたの手下も悪魔使ってロクでもないことしてた。どれだけの命を奪ったんだよ」

「タクトさんは潰した蚊の数を覚えてます？　数えようとすら考えないでしょう？」

酷薄に笑うケイヒに、俺は渾身の力で回転斬りを仕掛ける。会話してるだけでここまで頭にくる相手って、そうはいないぞ。

「いい一撃ですね」

とか言いつつ、余裕でバックステップを踏んでいるじゃないか。十分、わかった。俺がまともに闘っても勝てるじゃないのはさ。

こちらの強みは邪眼にあるわけで、それを活用していこう。店で買った薬は効果絶大で魔力量はだいぶ回復している。

まず確かめるのは、他に武器を隠し持っていないかだ。透視する。よし、暗器系はないな。あとは未来視を駆使していこう。

相手の動きを良く見ておく。ケイヒがレイピアの先端を俺に向ける構えを取った。

得意の縮地からのコンボだろうか。三秒先まで、未来視で読む。

一秒後、ケイヒが動き出す。二秒後、俺の眼前に迫りレイピアを繰り出す。三秒後、レイピアが俺の心臓を貫く。

……死んでるじゃないかーっ！　こりゃヤバいなんてもんじゃない。

相手がダッシュしたのと同時、俺は急いで体を一つ分ずらす。シュッ、とさっき体があった場所を武器が通過して冷や汗をかいた。

「……っ、今のを、よけますか」

「喰らえ！」

カウンターで袈裟斬りするが、そこはレイピアで綺麗に受け流されてしまう。ならもう一回未来視を。

もう一度、三秒先まで読む。頭上から巨大氷柱が降ってきて、脳天に刺さる未来が見えた。メンタル的にキツいなと感じつつ、俺は大きく後方に距離を取った。

「……また、ですか」

息は少し上がってきたけど、ちゃんと闘えている。未来視なら、ケイヒとだって渡り合えるようで安心した。魔力量はまだある。

他のと組み合わせれば勝機は見える。または、マリンの隔離魔法が切れるまで持ちこたえられるんじゃないか。

「もしや、タクトさんの眼は、未来すら見えるというのですか」

「見えるよ。世界征服を企むけど、結局悪は正義に討たれる未来が」

さりげなく誤魔化すと、ケイヒは相好を崩す。

「ハハハハ、悪ですか！　ああそうかもしれませんね、私はある意味悪なのかもしれない。でも最終的には神ですよ」

「勝てば官軍って主張か」

「ですが私の作る世界は素晴らしいと思いますよ。世の中って、優秀な人間が無能な人間のカバーまでしている仕組みではありませんか？」

「……俺はカバーされる側なので」

精神攻撃か。俺の引きこもり時代を後悔させる作戦か。

「ああわかりました、善人と悪人に言い換えても良いです。本来、善人は得をするべきなのに悪人によって理不尽な目に合うことが多い。だから悪人を根絶やしにして善人だけを生かす。そういう計画です」

さすが教団でもカリスマ性を発揮する男だ。俺もこいつのことを知らなかったら騙されていたかもしれない。

「悪人を根絶やしにするなら、まずケイヒから消えなくちゃいけないだろう。魔人を作り出し、歴史ある街を破壊して、人々を傷つけている。自分の行為を正当化するのはやめろよ」

「話にならない、ですね」

また殺気を纏ったので俺は未来視を発動。今度は多めに五秒取ることにした。あいつは頭も絶対良い。今度は捻った戦法でくる気がしてならないからだ。

大正解だった。俺の足下に冷気が漂う。それに反応してジャンプしたところをあいつは狙い定めて突き。空中で身動き取れない俺はモロに喰らってジエンド。

これ未来視なかったら詰んでる——待て。まだ五秒経っていない。俺がやられた一秒後、予想外のことが発生している。

「終わりです」

ケイヒの攻めが始まった。足下の冷気に寒さを感じる。ここで横に逃げれば、さっきとは違う未来が待っているだろう。

けど俺は、あえてジャンプする。あの未来を再現するために。

「甘いですよ」

俊敏に跳び上がり、鋭い突きを俺の心臓に送り込んでくる。それが心臓を穿つことはないけれど。剣の腹できちんとガードしたから。来る箇所がわかっていれば、対応は可能だ。

「その眼、絶対手に入れてみせます」

「絶対無理だ。なぜなら」

「なっ——がは⁉」

ケイヒが大きく吹き飛ばされる。

原因は、城から飛行してきたキューの体当たりによるものだ。

「きゅー、がんばた！」

「ナイス、本当頑張った！」

後でたっぷり褒めてやるぞ。俺は着地するなり全力でケイヒに向かっていく。ヨロつきながら立ち上がろうとしている。

このまま押せそうだが念のため邪眼を使用しておく。正解だった。レイピアを投擲され俺の肩口に刺さる未来が待っていたからだ。

「よっ」

一手先に行動することにより、投げられたレイピアが俺の横を通過する。そのまま、間髪入れずにケイヒを斬り捨てた。

「うぅっ」

仰向けに倒れるケイヒ。傷は、少し浅い。致命傷にはならないだろう。そこで俺は倒れたケイヒに顔を近づける。

「悪いけど、拘束させてもらうぞ」

至近距離から麻痺眼を使う。完全に入ったようでケイヒは口を開くこともできなくなった。

「やべ、もう魔力が」

枯渇しかけている俺は、へなへなとその場に座り込んだ。キューと、隔離魔法が解けたマリンが駆けつけてくれる。

「やたー、タクトやたー」

「お見事でした、お兄様」

「いやぁ、みんなの勝利ってやつでしょ」

「ふふ、でも一番頑張ったのはお兄様ですよ。それに、見てください」

マリンが指さす先からセシル、ミーミ、爺ちゃんがこちらに走ってくる。

「魔人倒したわよ～」

さすがのお三方だ。これで俺も安心して気を失えるってやつだな。

マリンの膝の上で、俺は瞼を下ろした。

◇

◆

◇

魔人騒動から三日、まだ街は完全な平和を取り戻したとは言えない。

ケイヒのやつ、王様を初めとして王族をほとんど殺して回っていたからだ。あいつ自身は、捕まってすぐに死亡したと爺ちゃんから教えてもらった。自分で舌を深く噛み切ったとのこと。

その際、言い残したセリフが「私も邪眼が欲しかったです。世界はタクトさんに任せることにしましょう！」だったらしい。

やめてくれないか、世界を自分の所有物みたいに話すのは。世界はみんなのものって、俺は将来自分の子供に口酸っぱく教えよう。

それはともかく、次の王の選出などに街は忙しい。爺ちゃんもその候補に選ばれているというから、孫としては鼻が高い。

いい王になるし俺は票を入れるよ。ちょっとエロいけどね。

そして学校の方だが、これは意外にも通常通り行われている。今日も登校してセシルと楽しい時間を過ごしてきたところだ。

「タクちゃんの家、いってもいいの？」

「もちろん。賑やかな方が楽しいいし」

「……タクちゃんと一緒にいると楽しいから、嬉しい」

「俺も嬉しい！」

あかん、普通にキモチワルイにテンションになってしまう。でも俺もセシルと一緒だと楽しいので、一緒に家に帰る。マリンとミーミとキューが笑顔全開で俺を迎えてくれる。

「お兄様にセシルさん！　お菓子を作ったので食べましょう」

「やっほー二人とも。あたしも作ったのよ」

「きゅーもつくたよー！」

ワイワイしながら居間でお菓子をつまむ。マリンの作るお菓子に外れはなく、どんな種類でもとても美味しい。

「また腕、上げたよなマリン」

「そうでしょうか？　最近作れていなかったので、もしかしたら逆に腕が落ちていたかと……」

おかしいな。けど今日食べたのは、今までの中でも最高の味をしている。

「ああそっか。みんなで食べるから、美味いのかもなぁ。とかちょっとクサイこと言ってみる」

「そんなことありません。最高のセリフでしたよ」

「……タクちゃんの名言」

「良いこと言うわね」

この肯定感、癖になりそう！

「それはそうとミーミは、これからどうするんだ？　やっぱり、大陸に？」

「う～ん、ケイヒは倒したし、急いで戻る必要はないのよね。せっかくだし、少しこっちに留まって観光したいのよ。タクトが邪魔じゃなければね」

「邪魔なわけないし、いつまでだっていてくれていいよ。この辺で良かったら色々案内するよ」

「ありがと、じゃあその次は、みんなでこっちの大陸にこない？　わりと良いところなのよ」

「楽しそうだなそれ、みんなでいこう！」

全員ノリノリで、旅行の計画がとても捗る。美味いお菓子と紅茶、そして親しい人達との弾んだ会話が、もしかしたら一番幸せな時間なんじゃなかろうか。

一人で部屋に篭もっていた時は、想像もできなかったことだ。

こういった時間を大切にするために、俺もまだまだ頑張っていこう。

番外編　バスタイム

ミーミが家に住むようになってから困ったことが一つある。

風呂だ！　うちは脱衣所の近くにトイレがある造りなのだが、ここに入ろうとして何度彼女の着替えを目撃してしまったことか。

無論、わざとじゃない。あのナイスバディを見たい気持ちは正直あるが、さすがに俺も常識はある。覗きなどしない。単にタイミングが悪いのだ。

どうも俺が便意を催すのとミーミが風呂に入りたくなるのは一緒らしい。

「ねえタクト……そんなにあたしの裸、見たいわけ？」

「わ、わざとじゃないんだって。これは本当にたまたま……」

実は今夜もまた、やらかした。俺がトイレから出るのと、ミーミが風呂から上がるのが一緒だった。バスタオル一枚姿、さらに体からのぼる湯気がセクシーすぎた。

ミーミは「ヘンターイ！」なんて即座に殴ってくる暴力女ではないけど、何度も重なると疑惑の念はそりゃ強まる。

「もう、どうしても見たいなら、せめて正々堂々と見なさいよ」

「だから……俺にやましい気持ちなんて……」

「股間！」

ミーミが指さす先には、意図的じゃないにしろ膨らんでしまった俺の息子さんがいた。

「ああ、これは違う、生理現象的な……」

「もう……いいわよ。だからさ、どうしても見たいならせめて堂々と。マリンの時も、そうなんでしょ。まだ裸見に来ましたー！　って言ってもらった方がいいわ」

「いやだからさ……」

言葉に詰まる。ミーミだけじゃなく、実はマリンの時もそうなんだ。何なんだ、俺の便意はエロ心にでも繋がっているというのか？

「とにかくすまなかった！　以後気をつけます！」

逃げ出すように俺は脱衣所を飛び出し、自室に駆け込んだ。

「このバカサン、バカサン」

アホなマイサンを何度も殴る。もちろん軽くだ。本気でやったら悶絶しちゃうから。

しかし、この悪癖は一体どうやって治療すればいいのだろうか？　爺ちゃんが風呂に入ってる時は、さっぱりトイレ行きたくないんだよな。となると、やはりエロと直結してるのかもしれない。

「これはダメだろ。ミーミが出て行ってしまう」

今は良くても、次第に気持ち悪くなってくるはずだ。風呂から出る度、男が目の前にいるなんてまともな女なら耐えられないはず。

「よし決めた。明日からは、マリンとミーミが入っている間は、何としてでも我慢してやる！」

鉄より固い意思で、俺はトイレを我慢することを自分に誓った。

そして翌日、俺は朝から気合いを入れる。バスタイムは夜なので今から意識する必要はないんだけど、うっかり忘れて……なんてのは最悪だからな。

昼飯を食べ終えた後、ミーミがマリンに尋ねる。

「ねえセシルって何時頃くるんだっけ」

「日中は用事があるので夕方頃に来ると言っていました」

「あれ、今日セシル来るのか？」

彼女から、俺は何も聞いていない。マリンが言う。

「はい、一緒にお話などをしようと思って私達が呼んだんですよ。今晩はうちに泊まっていってもらいます」

　ズシンと胸が重くなる。普段なら嬉しいことだけど今日ばかりは勘弁して欲しかった。マリンとミーミに加え、セシルが風呂に入っている間も俺の戦いは続くことになるからだ。

　泊まりにいった家で男に裸を覗かれたら、二度とここには来てくれなくなるかも。それどこか俺との友情も吹き飛ぶかもしれない。

「タクト？　震えてるけれど、大丈夫？」

「だいじょう、ぶ。何も、問題はない」

　そうだ、こうなったら早めにトイレを済ませ、あとは絶食しよう。三人が上がり終わったら晩飯を食えばいいさ。

　俺は夕方になると大小のトイレを済ませ、万全の体勢で夜に臨む。夕食時に腹をグーグー鳴らすマリンの料理が出てきたけど、それも一切何も口に入れない。

「どこか調子が悪いのですか？」

「そうじゃない。でもお腹減ってないんだ」

「その割には、お腹グーグーなってないかしら？」

「ぐぅ」

　ミーミの完璧な突っ込みに口からもグーの音が漏れ出てしまう。

「タクちゃん、あーん」

「やーダメだセシル！　めちゃくちゃ嬉しいけど、今日だけは食べられないんだ！」

みんな不思議そうに首を傾げる。食べなよと勧めてくるが、その誘惑に負けたら君達が不快な思いをすることになるんだぞ。

我慢我慢我慢我慢。苦しい時間帯をどうにか乗り切る。腹は空くし喉も渇いたが、これもあと数時間の辛抱なんだ。

「そろそろ、お風呂入りましょうか」

「そうね〜。今日、良い入浴剤買ってきたのよねー」

「……楽しみ」

若い女性特有のキャキャキャッした雰囲気のまま三人は脱衣所に向かう。

「待ってくれ、三人一緒に入るのか？」

「はい。うちのお風呂は広いですし、問題ないんじゃないかなと。あ、お兄様が先に入りますか？」

「いやいや、セシルも泊まってくれることだし先にどうぞ」

「ではお先失礼します」

これは朗報かもしれない。

三人まとめて入ってくれるなら、一回我慢するだけで済むのだから。三人の背中を見送ってから、俺は今のソファーに深く腰かけて貧乏揺すりをする。

「さむぃー？」

キューが体調が悪いのかと気遣ってくれたのだ。俺は抱き寄せて頭をなでなでしてあげる。

「そうじゃないんだよキュー。ちょっとお腹が減りすぎて。でも今は、我慢しなきゃいけない時なんだ」

「……がまんー」

何かキューなりに思うところがあるのか、しばらく黙り込んでいた。かと思えば、急に翼を広げ、脱衣所の方へ飛んでいく。

「どこ行くんだよキュー」

「まりんのとこー。ごはんたのむ～」

「違うんだよキュー！　今は頼まなくて……って行っちまった」

どうしよう、と迷うも今ならギリギリ間に合う。時間的に、さすがにマリン達は風呂の中にいるはず。

俺はダッシュでキューの背中を追いかけた。ドアを開ける。

「行くなキュー、風呂場を開けちゃ――ええっ⁉」

キューはまだ風呂場には到達していない。ドアは閉まっている。なのに、なぜかバスタオル一枚姿のマリンがドアの前にいたのだ。俺はあたふたと慌てまくる。

「マ、マリン、これには訳があって、決して覗くつもりじゃ」

「丁度良かったです。こちらもお兄様を呼ぼうと思っていたところですので」

「……俺を？」

「はい。二人とも話して、ぜひお兄様も一緒にお風呂に入ってはどうかと」

言語は理解できるのだが、俺には妹が何を話しているのかさっぱりわからないよ。

なぜ俺を風呂場に呼ぶなんて話になるんだい？　いつも覗きやがってあの野郎、風呂場で殺してやるって相談でもしてたのかい？

「そんな、怯えた顔をしないでください。何も裏はないですよ。ね、二人とも」

マリンが、ドア越しにセシルとミーミに話しかけると明るく口調で返事がすぐにきた。

「タクちゃん、背中流してあげる」

「そうよ、ケイヒも倒してもらったし、ちょっとしたお礼よ。今日だけは特別なんだからねー」

歓迎ムードでひとまず胸を撫で下ろす。が、これはこれで修羅場なような……。女の花園に俺が一人で飛び込むだと。

「中でお待ちしてますので、準備ができたら入ってきてくださいね。みんなタオルを巻いてますので、そこはご安心ください」

そんなわけで、俺は彼女達のバスタイムにお邪魔することになった。せめてキューもと誘おうとしたら、スイスイどこかに飛んでいってしまった。

服を脱ぎタオルを腰に巻く。おいおい大丈夫ですかこれ、変な部分が盛り上がったりしたら一気にバレてしまうぞ。

ドキドキしながらドアを開けると、石鹸と入浴剤と若い女性の匂いが混じり合った素晴らしい香りで頭がクラクラとしてくる。視覚的にも刺激が強い。ダイナミックな胸をしたミーミ、スレンダーで綺麗な肌をしたセシル、白皙でスタイル抜群のマリンがタオル一枚だけを撒いた状態で俺をお待ちしているのだから。

「何だか、緊張するわね」

「わたしも、少し恥ずかしい」

ミーミとセシルの方も恥じらいがあり、目線を下に落とす。無論、俺だってそうする。目のやり場がなくて困る。ついでに言うと腰も若干引き気味だ。早く座りたい。

意外にも一番平気そうなのがマリンだ。彼女は俺を座らせると、すぐにボディタオルを泡立たせて背中を洗ってくれる。

「痛くありませんか？」

「う、うん、丁度良い力加減だよ」

「じゃあ、あたしは右側を」

ミーミが別のタオルで俺の右側を洗ってくれる。

「ここ、洗うね？」

そしてセシルは左側を綺麗にしてくれる。左右も背中も同時に攻めるという完璧なフォーメーションだ。こんなのおかしくなっちゃうだろ。

漏れそうな吐息を必死に我慢するので俺は精一杯だった。隣をチラ見すれば、タオルから谷間が覗けてしまうんだぜ。健全な男に盛り上がるなって方が無理だ。

「だいぶ綺麗になりましたねー。では次は、一緒に湯船につかりましょう！」

マリンの主導で俺はお湯に浸からされる。他の三人も一緒に入るのでお湯がザブザブと逃げていった。

「気持ちいいですね～」

「そうね～、心まで洗われるようだわ」

「入浴剤も、いい感じだね」

俺はもはや女子達の会話を聞くだけのマシーンと化した。でもこれはこれで至福だ。入浴剤は色がついていているものだったので、誰もお湯の中は見通せない。息子がノビノビとしていても、誰にも軽蔑されないのは重要じゃなかろうか。

しばらくは最高の気分で風呂を楽しんだ。

が、さすがにノボせそうで上がりたくなってきた。でも三人の会話は一向に終わりそうにない。

「あの、俺は先に失礼するよ」

一足先に風呂から上がることにした。居間に戻ると、キューが飲み物を持ってくれたので一気飲みする。

「ぷはー！　すげー美味い、ありがと！」

「おふろ、きもちよかたー？」

「最高だったよ」

あんなもてなしされたの生まれて初めての経験だった。

ちょっと長いけど、贅沢言ったら罰が当たるってものだ。

もう便意も我慢しなくて良くなったわけだし、食事を思い存分とることにした。素晴らしいバスタイムのおかげで、今日の晩ご飯は格別に美味しかったな。

三人には感謝だ。

あとがき

初めまして、またはお久しぶりです。瀬戸メグルと申します。

この度は、この本を手に取っていただき、誠にありがとうございます。

今年の冬は本当に寒かったですが、最近ようやく暖かくなってきましたね。インフルエンザなども大流行して、だいぶ厳しい冬だったなーと今になると思います。

ただそのぶん、オリンピックでメダルラッシュがあったりなど、悪いばかりでもなかったなとも僕は感じています。

さて、もう読んでくださった方は知っているかと思いますが、本作の主人公はあらゆる種類の眼力を覚えていきます。

中には透視や暗視など、もしあったら現代でも最高に役立ちそうなものがあります。特に前者はヤバいです。ヤバすぎます。もしも、自分が透視を覚えていたとして……。

あなたなら、学校や職場でどうしますか？　もしも、自分の好きな異性が目の前にいたとして、それを使ってしまう人も多いのではないのでしょうか。倫理的にはよろしくないと葛藤しながら、誘惑に負けて結局使ってしまう。

そんな人だっているかもしれません。

ちなみに僕は……どうでしょうね。たぶん、使わないと思います……。いや、実際にあったらどう転ぶかはわかりませんが。

たとえば普段プライドが高い人だって、目の前に一億円積まれて「三回回ってワンとやったらあげるよ?」と言われたら、やってしまう人はいるのではないでしょうか?

僕は間違いなくやりますよ。だって犬の真似するだけで一億円ですからね。むしろやらない人っているんですか……?

話がそれましたけれど、まとめると僕も何か特殊な眼力欲しい! になります。本当どうでもいいですね。

普段、僕は「小説家になろう」という投稿サイトで、よく小説を書いています。

短編長編、色々と書いております。もしお時間あれば、読みにきてみてください。書き手も読み手もすごく多いサイトですので、僕のが合わなくても、もっと面白い作品がきっと見つかるはずですよ。

それでは、この辺で謝辞を述べさせていただきます。

イラストレーターのひそな様。本作に素晴らしいイラストを描いていただいて、ありがとうございます。クオリティが高く、キャラクターが活き活きとしていて感動しました。

担当編集様には、あらゆる面でサポートしていただき、非常に助かりました。

また、出版に関わってくださった全ての方々にも重ねて感謝申し上げます。

そして読者の皆様。またどこかで再会できることを期待しております。

UGnovels

女神の恩恵（スキル）を受けるため教会を訪れた天涯孤独の兄妹（ラエル・フィアナ）。しかし、兄は陰謀によりその場で処刑されてしまう。
処刑された兄・ラエルは暗殺者・セツラとして転生し、前世のかすかな記憶に残された妹を探しながら暗殺者ギルドからの依頼を受ける日々を送っていたが、ある日「聖女殺し」の依頼を受ける。
しかし、ターゲットである「聖女」こそ、前世で生き別れになった妹・フィアナだった……。

UG003
聖女の暗殺者
～処刑されてしまったが、転生してでも妹は守るつもりだ～
著：朔月　イラスト：米白粕
本体 1200 円＋税　ISBN 978-4-8155-6003-4

冒険者を目指すも 40 歳を過ぎてもうだつの上がらない俺は、ある日ドラゴンに轢かれて死んだ。お詫びに転生させてもらった二度目の人生でも、ドラゴンに轢かれて死んだ。今度こそはと挑んだ三度目の人生も、やっぱりドラゴンに轢かれて死んだ。四度目の人生はもっと堅実に生きよう。
そうだ……アイテム強化職人を目指そう。
人間のレベルを超えた凄まじいスキルがいつの間にか備わってるし、なぜか美女がいろいろ世話を焼いてくれるし。
すごく順風満帆だし……。

UG004
ドラゴンに三度轢かれた俺の転生職人ライフ
～慰謝料（スキル）でチート＆ハーレム～
著：澄守彩　イラスト：弱電波
本体 1200 円＋税　ISBN 978-4-8155-6004-1

UG novels UG006

邪眼のおっさん
～冴えない30歳の大逆転無双～

2018年04月15日 第一刷発行

著　　者　瀬戸メグル
イラスト　ひそな
発 行 人　東 由士
発　　行　発行所：株式会社英和出版社
〒110-0015　東京都台東区東上野3-15-12 野本ビル6F
営業部：03-3833-8777
http://www.eiwa-inc.com
発　　売　株式会社三交社
〒110-0016
東京都台東区台東4-20-9　大仙柴田ビル2F
TEL：03-5826-4424／FAX：03-5826-4425
http://www.sanko-sha.com/
印　　刷　中央精版印刷株式会社
装丁・組版　金澤浩二（cmD）
DTP協力　市川 花

ISBN 978-4-8155-6006-5　© 瀬戸メグル・ひそな／英和出版社

瀬戸メグル先生・ひそな先生へのファンレターはこちらへ

あて先
〒110-0015
東京都台東区東上野3-15-12
野本ビル6F
（株）英和出版社
UGnovels編集部

本書は小説投稿サイト『小説家になろう』（https://syosetu.com/）に投稿された作品を大幅に加筆・修正の上、書籍化したものです。

『小説家になろう』は『株式会社ヒナプロジェクト』の登録商標です。

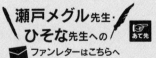